ねこのほそみち

春夏秋冬にゃー

堀本裕樹
ねこまき（ミューズワーク）

さくら舎

はじめに

さくら舎のホームページで二年近く連載していた「ねこのほそみち」の更新日は、毎回とても楽しみでした。

なぜ楽しみだったかというと、連載がウェブ上にアップされるまで、ねこまきさんがどんなマンガを描いているのか、僕も予想がつかなかったからです。

この連載は、猫を詠《よ》んだ俳句を僕が選び、その句に僕が解説を書き、同時進行でねこまきさんがマンガを描くという趣向でした。二人のコラボレーションではあるのだけれど、僕は僕で勝手に解説を書いて、ねこまきさんはねこまきさんで自由にマンガを描くというスタイルを貫いたのです。その連載スタイルがいっそうコラボレーションの妙味を生み出したのではないかと思っています。

ねこまきさんは毎回俳句の解釈を豊かにふくらませ、またある時には解釈にとらわれない意表をついた表現と展開で、さまざまな猫の姿を描いて見せてくれました。猫を詠んだ八十八の各句に、新たな息吹を吹きこんで、素敵な物語を付け加えてくれたのです。読者の皆さんにはぜひ、ねこまきさんの描くかわいい猫たちのいろいろなしぐさや表情を心ゆくまで楽しんでいただければと思います。

そんなねこまきさんのマンガに刺激を受けて、僕も解説に趣向を凝らしました。普段俳句に馴染《なじ》みのない方にも興味を持っていただけるように、やさしい解説を心がけました。俳句の季語や切字《きれじ》に触れた解説もありますが、一句から想像されたドラマをそのままショートストーリーの形を借りて解説の代わりにしたものもいくつかあります。美術館で絵画を自由に楽しんでいいように、俳句も作品として世に出てしまえば、鑑賞に縛《しば》りはありません。僕の解説もテストの答えのように決してたった一つの正解ではないので、あくまで解釈の手助けくらいに考えて楽しんでいただければ幸いです。

ねこまきさんのマンガと僕の解説を猫の句を読み解く一つのきっかけにして、読者の方一人一人の自由な俳句鑑賞につながればとてもうれしく思います。

江戸時代から現代の俳人まで網羅《もうら》した猫の俳句をぞんぶんに味わってください。どのページにも、「にゃーにゃーみゃーみゃー」と猫が皆さんを待ち受けています。

堀本裕樹《ほりもとゆうき》

目次◆ねこのほそみち——春夏秋冬にゃー

ねこのほそみち

春夏秋冬にゃー

仰山《ぎょうさん》に猫ゐやはるわ春《はる》灯《ともし》

久保田万太郎

「仰山に猫ゐやはるわ」というのは、会話の一コマか独り言だろうか。

この句には「祇園《ぎおん》〝杏花〟にて」という前書（俳句の前に書き添える言葉）がついているので、京都の舞妓《まいこ》さんが、春の路地の灯《あか》りのそばで足を留めて、ちょっとびっくりしているような情景が眼に浮かんでくる。

でも、なんで仰山の猫が春の灯りの下にいるのだろうか。謎なんだけど、なんだかやっぱりかわいいのだ。誰か餌付《えづ》けをしてそこらへんの猫たちがニャーニャー集まってきたのか、春の季節は猫の恋たけなわの時期だから、一匹のキュートなアイドル猫のフェロモンに男子猫たちが惹《ひ》かれてわらわらと集まってきているのかもしれない。

舞妓さんが「仰山に猫ゐやはるわ」と言ったあと、何と続けたのかを想像するのも面白い。サザエさんの歌みたいに「この前、うちの魚盗んだやつおるやんか！」とか、「あっ、タマちゃんや！　あんた、今までどこ行ってたん？」とか、ね。

春

ねこのほそみち
こんばんは
ようこそ
やあ
いらっしゃい
こんばんは
さあどうぞ
こちらへ
もうあと戻りは
できませんよ
さあ
さあ
ささ

永き日の猫の欠伸《あくび》をもらひけり

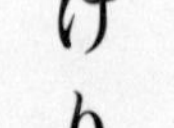

山岡麥舟《ばくしゅう》

「猫」の名前の由来を調べてみると、いくつか出てきた。たとえば、「鼠子《ねこ》待ち」。ネズミを待ち構えて捕らえる子を略したともいわれているらしい。また、よく寝る子の意味合いから「寝子」が語源であるという説もあった。

なるほど、たしかに猫の寝ている姿をよく見かける。子猫や老猫になると、一日をほとんど寝て過ごすようだ。なんだかつねに眠たい猫は、欠伸もひんぱんにする。

この句の作者は、そんな猫に欠伸をもらったのである。よく人から人へ欠伸が伝染するが、猫に欠伸をもらうこともあるのだなあと妙に感心してしまった。

季語は「永き日」で春である。三月二十一日頃を春分というが、その日から少しずつ昼の時間が伸びはじめて、春の日永《ひなが》を感じるようになるのだ。

作者は猫に欠伸をもらったあと、どうしたのだろう。猫と一緒に枕を並べて昼寝でもしたのだろうか。

この句には実にのんびりとした、贅沢《ぜいたく》な時間が流れている。

春

名前が
社長
ふぁあ
専務
ふぁあ
常務
あふ〜
部長
ふぁあ
ぼく以外は全員おっさん顔
本当に兄弟なんだろうか
ネコなんてそんなもんや
トラ

たばこ吸ふ猫もゐてよきあたたかさ

嵩《だけ》 文彦《ふみひこ》

日常のなかで季節を問わず、「今日は暖かい日ですね」なんて挨拶《あいさつ》代わりに使うけれど、俳句では「暖か」は春の季語となる。彼岸《ひがん》のころから暖かくなりはじめ、眠気を誘うような陽気は、まさに春ののんびりした気分といえるだろう。

この句の面白いところは、猫に対する作者の想像力である。おそらく作者もたばこが好きなのだろう。健康を害する恐れもあるが、心をリラックスさせる効果もあるたばこを猫に吸わせてみたらどうか。こんな暖かな春の日なら、人間のようにたばこを吸う猫がいたっておかしくない。むしろ「猫にたばこ」はお似合いではないか。作者はユーモアたっぷりに、そんな想像をふくらませたのである。

たとえば、「ラッキーストライク」なんていうアメリカたばこを吸う猫がいたら、格好いい。今日はどんな獲物《えもの》にありつけるかを考えつつ、塀《へい》の上で空を仰ぎながらラッキーを吸う野良《のら》猫。いくら渋い顔をしても「肉球にたばこ」はかわいすぎる。

春

！
そろそろ〜
もにもにもに
あれ？どこいった？

内《うち》のチョマが隣のタマを待つ夜かな

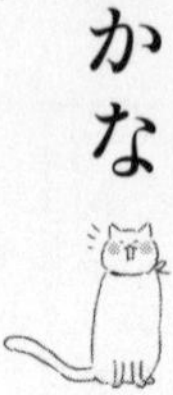

正岡子規《しき》

この句の季語はどれでしょうか？　と聞かれると困ってしまう人が多いのではないか。もちろん、チョマもタマも季語ではない。だとしたら、はてさて……。

実は季語のない俳句である。しかし、チョマとタマとの待ち合わせ、つまり猫のデートを連想させるので、この句は春の季語「猫の恋」を暗示していることから春の句とされている。明治二十九年に作られたこの句、もう百年以上も経つというのに、古びることなく猫の逢《あ》い引《び》きの情景がユーモアをもって眼に浮かんでくる。

チョマは猫を指す方言らしいが（わかりやすい例でいえば、牛のことを「ベコ」というのと同じ感じか）、そのチョマが隣のタマを待つ光景というのが、なんとも愛らしいというか、もう人間と同じ恋のときめきがこの句から伝わってくる。

この句には春の月が必要である。真っ暗な夜にチョマが眼を光らせているよりも、朧月《おぼろづき》が出ていたほうがロマンチックだ。さて、二人のデート先はいずこへ。

春

スル…
ひょこ
あおーーん
うちの娘に何か用かね？

猫たちとミルクわけあひ夜業《やぎょう》かな

大木あまり

「さあ、ちょっと休んでから、もうひと踏ん張りするか」と、夜中の作業のブレイクタイムに、猫たちもちょうど起き出してきて、ニャーニャー鳴き出した。

「よしよし、じゃあ、あんたたちのミルクも用意するからね。わたしもミルク温めて飲もうかな。あんたたちは猫舌だから、冷たいままでね」

そんな感じで猫たちとミルクを分け合って飲む様子は、なんだか微笑《ほほえ》ましくて家族のような温かさが滲《にじ》んでいていい場面である。季語は「夜業」で普段聞き慣れない言葉だが、「夜なべ」のことで秋の季語になっている。季節が秋だとわかると、この微笑ましい場面にふと一抹《いちまつ》の寂しさが浮きあがってくるから不思議である。

「さて、作業開始。あんたたちはもうおとなしく寝るんだよ」

机に向かい直した足元に、「まだ飲みたいねん」「なあなあ、遊んで遊んで」と猫たちが騒がしくからみだしたら、秋の夜の寂しさなんか吹っ飛びそうだけど。

秋

ぐるるるん
トポ トポ
トポトポ
にゃーーっ にゃーーっ
私のだけ少なくね？
…
にゃーおぉ にゃーおぉ
そっちだけ足すの ずるくね？
トポトポ
にゃーっ
にゃーっ
にゃーっ
トポトポ
なみなみ
なんかしてやられた気分
ちゃ ちゃ ちゃ

スリッパを越えかねてゐる仔猫《こねこ》かな

高浜虚子《きょし》

仔猫にとって、スリッパはいったい何者なのか、なんでこんなかたちをしているのか、さっぱりわからない。でも、いつも廊下にいる。ずらりと居並ぶときもある。

廊下を通るたび、「なんやねん、いつもしらーと澄《す》ましやがって」と腹を立てる。行き先にスリッパが立ちはだかるのだ。猫パンチを喰《く》らわしても、攻撃は返してこない。

「そやから、何をしたいねん！」とツッコミつつ、スリッパを越えようとする。

スリッパには薄暗い空洞《くうどう》があって、何が入っているかちょっと不気味になる。

「ネズやんかゴキやん、いきなり飛び出してけえへんやろな……」といぶかりながら、一つめを越える。越えかねている。二つめがすぐ現れる。「なんでやねん！　またおんなじやつやん。いま越えたばっかりやん。瞬間移動したんか？」、仔猫は首をひねりつつ越える。またスリッパが現れる。「そやから、なんでやね……」、突然飼い主に持ち上げられ、バタバタする。

「もうー、なんでいきなり浮いてんねん！」

春

にー
にー
よちよち
にー
にー
にー
ん？
よちよち
ポフッ

ひとを待つ間《ま》に猫の子に名を授《さず》け

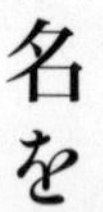

宇《う》多《だ》喜《き》代《よ》子《こ》

誰かを待つ時間というのはそわそわしたり、空を見上げる余裕が生まれたり、最初のひと言を考えてみたり、いろいろな思いにとらわれるものだ。恋人、商談相手、友人など待つ相手によって、また待つ場所によっても気持ちは変化するだろう。

この句は猫のいそうな下町で待ち合わせしているように思えた。

仮に下町の寺で二十年ぶりに再会するかつての恋人を待っていることにしてみよう。急に手紙が来たのだ。あれから歳月が経ったけれど、どんなふうに歳を取ったのか。二十年前の男の優しい笑顔が思い出されるだけで想像がつかない。どこかで変わっていないでほしいという気持ちがある。あの頃、あの人のことを何と呼んでいたっけ？

そうだ、充孝ってちょっと硬い名前だったから「みっちゃん」って呼んでたんだ。

そのとき、どこからか猫の子がやってきた。こちらを振り向いて、じっと見ている。思わず膝《ひざ》を折って猫の子に向かって、「みっちゃん」と小さく呼んでみた。

春

遅いなぁ 田中…
み
なーに? お前たち
お母さんは どーしたの?
シャー
シャー
にー
なんか食べるの ちょーだい
母ネコ
寝てまっ
フー
ビスケットならあるよ
パリ
よーし ヒマだから 名前をつけてあげよう
右から 麻呂、はち トラね♪
麻呂
はち
トラ
ポリ
ポリ
ポリ
ポリ
あっ
ほら もーないよ
もっとくれー
ちょっとーー 何か もらってるのーー!?
遅れて来た お前は田中な
田中
なーに? なにもらったのーー?
ポリ
ぼくのは!?
ねーねー

梅雨《つゆ》の日々客猫ふえて魚《うお》足りず

松本恵子

「あら、また来たわね。今度は親子?」

独り暮らしでアパートの一階に住んでいるのだけど、最近よくベランダのすき間をくぐり抜けて猫がやってくる。今日は鳴き声が二つ重なって聞こえてきた。

ベランダに通じる窓を開けてみると、予想通り二匹の猫が首を伸ばして鳴いている。

「あんたたちのあいだで、この部屋は有名になりつつあるのかな?」

梅雨入りしてから特に猫のお客が多くなった。五月の終わりに、近所の公園で寄ってきた猫にミルクを与えたのがいけなかったのかしらと思う。その猫は私の部屋である103号室の前までついてきて、やがて去っていったのだった。あの子が仲間たちに103号室の住人はなにかエサをくれるよ、と広めたのかもしれない。

魚好きな私だけれど、今日は煮干《にぼ》ししかない。煮干しを食べる二匹を見ながら、101匹ねこちゃんというフレーズがふと浮かんできて、私は微笑《ほほえ》んだ。

夏

しと しと
毎日 雨ばっかり……
ひとりで 遊んでも つまんないや
ん？
プルルン
ぬれちゃったわ
ただい
ま
あら あなた お帰りなさい
ごはんに する？ それとも お風呂？

叱《しか》られて目をつぶる猫春《はる》隣《となり》

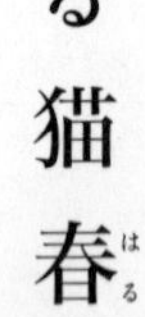

久保田万太郎

何か悪さをやったのだろう。ふすまを引っかくとか、食べちゃいけない物にかぶりついたとか。そのとき、「こら!」と叱られて、コツンと頭をはたかれてしまった。

その瞬間がまるで目に見えるようである。猫の顔が縮まってギャフンとなった表情がかわいらしく目に浮かぶ。それは「目をつぶる」という一瞬の顔つきを的確に捉えて描写されているからである。一つの具体的な「目」の表情が、顔全体の表情を思い浮かばせるのだ。

それから下五《しもご》（最後の五音）に置かれた「春隣」に注目してみよう。「春」の語が入っているから春の季語かと思いがちだが、冬の季語である。つまり「春近し」、もうすぐそこまで春が来ているよ、春が隣にいるよという晩冬の季感である。

ではどうして、「叱られて目をつぶる猫」に作者は春隣を感じたのだろうか。叱られた猫の愛らしさに、どこか春のような心楽しさを感じたからかもしれない。

冬

あ
ガサゴッ
コラッ
ガターン
やべ
きゃっ
ちら
にゃ
痛!!!
シャッ
ダダダ
なんでちょっとお怒りぎみなんだよ
ペタン
ペタン

不《ぶ》器《き》量《りょう》の猫を愛して卯《う》の花《はな》腐《くた》し

長谷川かな女

　この句では夏の季語「卯の花腐し」が、まさに絶妙に利《き》いている。この季語の意味を知らないで句を鑑賞するのは、ほんとうにもったいないことなのだ。

「卯の花」とは五月頃に咲く五弁《ごべん》の小さな白い花のことである。その花を腐らせてしまう長雨という意味で「卯の花腐し」の言葉ができた。

　五月雨《さみだれ》の別称でもある卯の花腐しの降るなか、作者は「不器量な猫」を愛しているというのである。この句は卯の花をくずしてゆく雨と、何の因果《いんが》か見目《みめ》のよろしくない、猫のくずれた顔立ちとが掛詞《かけことば》のようになっているのだ。

　美人は三日で飽きるというが、美猫もそうかもしれない。昨今では、ぶさ猫も人気である。かわいくて笑える猫の写真やイラストなどを集めた「ぶさかわ猫展」なる企画展も開催されるぐらいである。

　ぼくはこの句のぶさ猫もきっとどこか愛嬌《あいきょう》があって、なんとなくぽよんとした、優しい垂れ目のような気がする。

夏

しとしと

ランドセル放り隣りの子猫見に

亀田英子

　玄関の開いた音がして、すぐに何かを放り出して閉まる音がした。台所にいた信枝は、「あ、またお隣のシゲばあちゃんとこに行ったな」と見当をつけた。

　小学校から帰ってきた大輔がランドセルを放って、ただいまも言わずに向かった先には、子猫のヘチャがいる。シゲばあちゃんがどこからか拾ってきた子猫に夢中なのだ。「へちゃむくれ」でどこかムスッとした顔つきだからヘチャ。大輔はそんなヘチャに愛嬌を感じて好きになったようだ。

　それからもう一つ理由があるのかなと信枝は思う。半年前に大輔が突然、猫を拾ってきた。泥《どろ》だらけのその猫を飼いたいと、大輔は玄関先で言い張った。

　信枝は飼ってもいいと思ったが、仕事から帰ってきた父の保雄に怒鳴られ反対された。大泣きした大輔は、やむなく飼うことをあきらめたのだった。

　信枝は今、大輔の大好物のシチューを煮込んでいる。食卓でヘチャの話を眼を輝かせてしてくれるだろう大輔を思いながら。

春

にー
にー
わー
かわいい〜
ちっちゃい〜
にー
にー
どーも
こんにちは
おー
かわいいでちゅねー
ふかふか〜
お父さんは？
玄関にカバンが落ちてたけど…
おとなりに子猫見に行ったよ

掃除機の音に猫はね年《とし》詰《つま》る

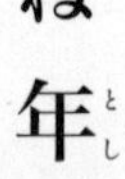

石田榮子

昨今の掃除機は静かに作動する優れたものもあるようだが、この句のものはちょっと旧式でなかなか派手な音をさせてゴミを吸い込んでいるようだ。

たとえばリビングでゆっくり寝ていたかもしれない猫も、その音にびっくりして跳《は》ね起きたのである。猫にとっては掃除機なんてものはよく理解できないだろうから、あの吸引する大きな音はほとんど危険信号に近いものだろう。

その年も終わりに近づくと、一般的に「年の瀬」「年末」という言い方をするが、『俳句歳時記』では冬の季語「年の暮《くれ》」で立項されていることが多い。なので「年の瀬」「年末」は「年の暮」の傍題《ほうだい》（言い換え）として載っており、この句の「年詰る」もその一つである。年が詰まるというのも実感のある言葉だ。その他にも「年の果《はて》」「年迫る」「年の尾」「年の限り」「年の名残《なごり》」などいろいろな言い方がある。

それだけ日本人にとっての年末は感慨深いものといえるかもしれない。

冬

ウィーン
ウィーン
くる
ウィーン
便利になったのお

肉球にリモコン触れて春来《きた》る

津久井健之《たけゆき》

この句には猫の語がないけれど、きっと猫の肉球だろうなと思わせる様子が描かれている。猫は身軽に部屋のなかでも移動するから、リモコンの置いてあるテーブルなんかにもひょいと跳《と》び乗って、好奇心丸出しでそれに触れたりしそうだ。

肉球が触れると、テレビのリモコンだとチャンネルが替わったりするだろうし、ＤＶＤのリモコンだと停止や早送りなんかになるかもしれない。

そんなとき、「あっ、もう～」と小さくあきれながら、「こっちにおいで」と招き寄せて、あるいは捕《つか》まえて我が愛猫《あいびょう》を膝《ひざ》の上に乗せたりするのもなんだかいい風景なのである。

この句の面白いのはまるで猫がリモコンに触れることで、春という季節に移り変わったような描き方をしているところだ。

また、猫がリモコンに触れる日常の時間のなかで、「春来る」＝立春を迎えるという大きな季節の流れを捉えているところがこの句の醍醐味《だいごみ》といえるだろう。

春

全国的に晴れるところが多いでしょう
パッ
お尻でテレビつけたー
ドス
ピ
ぐぐぐぐ
節分も終わり立春の今日から新しい春を迎えたことになります
立春
OH!
バッ
春子結婚しよう
春と言ってもまだまだ寒い日が続きますので
あたたかい格好でお出かけ下さい
春子結婚しよう
あのバカ
ガタ
春子↓
OH～
お…

猫の尻《しり》見せられてゐる大暑《たいしょ》かな

仙田洋子

猫同士で、相手にお尻を向けて肛門腺《こうもんせん》の臭いを嗅《か》がせるかどうかによって、お互いの親密度を測るといわれる。嗅がせるようなら、相手に心を許している証拠なのだ。

そしてまた人間に対しても同じように猫は、お尻を向けるか向けないかによって信頼度を示すという。

ということは、この句の猫は猫自ら飼い主にしっぽを上げて、お尻を見せようとしている状態だとすると、飼い主に対してかなり親愛の情を示していることになるだろう。しかし、問題は「大暑」である。夏の季語である「大暑」は、陽暦《ようれき》でいうと七月二十三日ごろにあたり、めちゃくちゃ暑い日でもあるのだ。

そんな日に猫がすり寄ってきて、「ほれほれ」とお尻を向けてきて、「好きやで、あんさんのこと、ほんま好きやで」とすり寄ってきたら、いくら飼い主でも思わず、「あんたの好きなんはわかったから。暑いねん！」と、叫び出したくなるだろう。

夏

ミーン
ミーン
暑ー
こう暑いと
やる気出ないねー
ミーン
ミーン
ここええなぁ

猫の尾に止まってみたき赤とんぼ

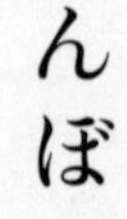

山田征司《せいし》

この句の主役は、なんとか猫のしっぽに止まりたいとその周辺を飛び回っている赤とんぼだ。とんぼといえば秋の季語になり、糸とんぼや川とんぼだと夏の季語になるのでその点だけはご注意を。季語の分類はなかなか細かいのである。

さて、赤とんぼは猫の尾が静止するときを狙《ねら》って、「今だっ！」という勢いで体勢を整えて近づくのだが、その瞬間にまたゆらゆらとしっぽが揺れ出すのである。

ぼくはこの句を読んでいると、ちょっとイライラするのだ。「もうええ加減止まらせてあげなはれ。べつに止まったからって減るもんやなし……」と。どうしても赤とんぼをいたぶっている意地悪な猫の顔が浮かんできてしかたがないのである。

でも猫にとったら、赤とんぼはうるさい存在なのだろう。しかも、赤とんぼが一匹だけでなく、群れだったらよけいうっとうしいはずだ。秋の季語に「猫じゃらし」という植物があるが、この句の猫の尾は「とんぼじゃらし」といったところか。

[秋]

ヒラ
もに
もに
スカッ
やっ
ヒラリ
とうっ
ハー
ハー

恋猫《こいねこ》やポンと深夜のメール来る

冨沢　賢

孝志はまんじりともせず、深夜二時を過ぎてもスマートフォンを手にまったく当てのないネットサーフィンを繰り返していた。

昼間、麻里と些細《ささい》なことで喧嘩《けんか》をしてしまい、売り言葉に買い言葉で出てしまったひと言が彼女を決定的に怒らせたらしい。「ひどいよ！」と悲痛に言い残して、麻里は路地から走り出ると、大通りの人ごみへ消えてしまったのだった。

彼女の名前を呼んで追いかけてはみたが、孝志もまだ腑《ふ》に落ちないところがあったので本気で追いかけず、勝手にしろという気持ちになり見失ってしまった。

しかし、時間が経つにつれて相手に言われた言葉よりも自分の言い放った言葉のほうが気になりだした。孝志はうわの空で画面を見ながら、麻里のことを想った。

窓の外では雄猫の求愛の声が聞こえる。身を振りしぼるような切ない声だ。

ニュースサイトを閉じようとしたとき孝志の手のなかで、不意に新着メールの合図が震えた。

春

ピロリン
ごしごし
うーん
0:15
次の日
ピロリン
0:23
3日目
0:12
4日目
0:50
5日目
0:32
バーン
父さん!! いいかげんにしてー!!
パシャ
パシャ

年賀客洗ひ上げたる猫抱いて

玉沢淑子

年賀状はハガキに新年の挨拶《あいさつ》をしたためて書き送るものだが、年賀客というのは年頭に祝詞《しゅくし》を述べにやってきた客のことをいう。『俳句歳時記』では「礼者《れいじゃ》」という呼び名で立項されているが、玄関先でお祝いの言葉だけを述べてすぐに暇《いとま》を告げることを「門礼《かどれい》」、その人を「門礼者《かどれいじゃ》」という。門礼などは、いかにも日本人らしい謙虚さを感じさせる所作《しょさ》といえるだろう。

この句の年賀客はちょっと家にあがって年酒《ねんしゅ》でもいただいているのだろうか。そこにこの家の猫がトコトコとやってきたのである。よく見ると、猫も新年の装いなのか、綺麗《きれい》に洗われてブラッシングされているようだ。

「今年もよろしくね」なんて言いながら、猫を抱き上げる。

おとなしく抱かれているかと思ったら大間違いで、猫はお節料理を狙《ねら》っているようだ。試しに紅色のちょろぎを取ってやったりするとどんな反応をするのだろう。これはいったい、ニャンだ!?

新年

じり
じり
じり
じり
やっ
♪
ヒラリ
今年こそ洗ってやろうと思ったのにのお
くそーっ
ネコシャンプー

炬《こ》燵《たつ》よりおろかな猫の尻が見ゆ

平井照敏《しょうびん》

読んだ瞬間、炬燵からはみ出している猫のかわいいお尻が眼に浮かんできて、思わず頰《ほお》がゆるんでしまう。ほんとうに愛くるしい絵柄である。

しかし、作者は「かわいい猫」とは表現しない。この句のポイントは、「おろかな猫」と見たところだ。作者にもかわいい猫だなという気持ちがあったかもしれないが、お尻だけ出して炬燵にもぐりこんでいる猫を見て、「頭隠して尻隠さず」のことわざがふと思い浮かんだのだろう。

『広辞苑』には、「一部の悪事や欠点を隠して、全体をうまく隠したつもりでいる愚《おろ》かさをいう」とある。この意味合いを下敷きにもう一度句を鑑賞すると、猫がやらかした悪事まで想像できる。

花瓶を割ったのか、障子《しょうじ》に穴をあけたのか、皿の上の魚を食べてしまったのか。とにかく悪事がばれていないと思いつつ炬燵に入った。だが、そのぴょんと出たお尻が何もかも物語っている。おろかで、やっぱりかわいい猫のお尻である。

冬

外はめっちゃ寒いわ～
はぁ～さむさむ
おかえり
ポカ
ポカ
30分後
あっつーあっつー
ズズー
フフフ…
それがちょーどいいんだねえ

猫と猫恋なきごとくすれ違ふ

能《の》村《むら》登《と》四《し》郎《ろう》

この句はもちろん猫のことを詠《よ》んでいるけれど、なんだかこれは人間そのものだなあとぼくは思ってしまった。たとえば、街なかの交差点ですれ違う人々、書店やCDショップですれ違う人々、電車に乗り込み電車から吐《は》き出されてすれ違う人々……ごく日常のなかで人間も「すれ違ふ」ことを繰り返して暮らしている。まるでその人たちに恋のロマンスなんてひと欠片《かけら》もないかのように、とてもクールに。

この句に出てくる二匹の猫たちも、つんと澄ました顔をしてすれ違っている。建前の表情ともいえるし、猫は猫なりの社会性を保っているようにも見える。

でもすれ違うときに、「ちょっとしっぽがセクシーやんか」とか「耳のかたちが凛々《りり》しいわ」とか思っているかもしれない。本能的に惹《ひ》かれているけれど、少し気取ってすれ違うのである。

「恋なきごとく」の言葉の裏から、「ほんとは恋してるんでしょ？　なんにもないような顔しちゃって」という作者の呟《つぶや》きが聞こえてきそうだ。

春

抜けない
ぐぎぎ
あ
スン
スン
スン
ピコ
ぐぬぬ
ぬ!
どんな時でも
挨拶は欠かさない
それが猫マナー

マスクしてゐても猫にはわかるらし

北川沙羅詩《さらし》

三時のおやつの時間になると、風邪《かぜ》を引いてマスクをしている友里に猫のビー太郎がいつものように近寄ってきた。

「ニャーニャーニャー！」

しつこいくらい鳴き出す。もう大人の猫なのに、おやつのかつおぶしを上げないといつまでも子どものようにビービー鳴き止《や》まないので、本来の名前は太郎なのだが、いつの間にかビー太郎と呼ばれるようになった。

「マスクしてるのに、ビー太郎は誰かわかるんだね。でもね、かつおぶしを食べすぎると、猫のあんたには毒なんだよ。マグネシウムが多いから結石《けっせき》の原因になっちゃうんだって。だから、今日おやつはがまんね。夕飯、豪華にするからね」

「ニャーニャーニャーニャーニャー！」

同意なのか、不満なのか、夕飯豪華が嬉《うれ》しいのか、ビー太郎の声が高まった。

冬

あなたの猫ちゃんはどの子ですか？当てたらお返ししましょう…
え!?
3匹ともそっくりだ
え〜っと左…いやいや右はし？
ブブー
信じてたのにさよならにゃ…
もう一度チャンスを!! しろにゃーん
はっ
にー
しろにゃん
ごめんよー

新《しん》涼《りょう》や猫を撫《な》でつつ海の風

堀本裕樹

神奈川県藤沢市にある江の島にはよく吟行《ぎんこう》で訪れたり、ふらりと海を見に行ったりする。吟行というのは俳句を詠《よ》むために野外に出かけることで、相模湾《さがみわん》を望む江の島は、樹木や草花などの自然も豊富なので句の材料には事欠かない。休みの日は人出が多いのでなるべく平日に行くようにしているのだが、島内にはけっこう猫がいるのだ。

島に猫を捨てに来るという悲しい事実もあるようだが、のんびり歩いている猫や寝そべっている猫などいろんな表情を見せてくれるので、観光客もそんな猫たちに癒《いや》されてカメラを向けたりしている。

ぼくも江の島を散策しながら寝ている猫なんかに出会うと、近寄って撫でてみたりする。だいたい人に慣れている猫が多いので静かに触らせてくれる。そんなとき海風が吹き抜けるなか、猫の体温を掌《てのひら》に感じると気持ちがふっと軽くなる。初秋の涼しさを「新涼」というが、この句では海風にも猫の手触りにもどことなく秋めいた涼を感じている。

［秋］

明け方
ザザー
うに〜
あら お帰り〜
猫が布団に・・・
秋がきたか・・・

朧《おぼろ》夜《よ》のひとの気持ちがわかる猫

小澤克己《かつみ》

ペットのなかでも犬や猫が人気があるのは単純にかわいいとか愛らしいとかいう理由だろうけれど、人の気持ちをわかってくれる、くれそうという理由もあるかもしれない。特に犬は「忠犬ハチ公」の例もあるように、飼い主に対して心を尽くしたり仕えるという健《けな》気《げ》で聡明なところがある。

猫は「忠猫」なんて言葉がないことからもわかるように、自由で気ままという感じだけれど、この句のように「ひとの気持ちがわかる猫」もいるのだろう。

でも、そんな猫になっているのは、春の季語「朧夜」の魔法が利《き》いているからかもしれない。春の柔《やわ》らかな月光を浴びている猫は、ひととき人に化けるわけではないけれど、人の思っていることを察知できるセンサーが働くようになって、その人のそばにいてあげようという心を持つのかもしれない。

たとえば、悲しみにくれているとき、すっと寄ってきて膝《ひざ》の上に猫が座ってくれる朧月夜は少し泣けてくる。

春

いーかいっ？
おでん
いらっしゃい
おでん
熱燗に大根とたまご
にゃ～ん
スタ
こらっ
すみませんねこいつ私の猫でして
まあまあボクは猫が大好きでね
今日、15年連れ添った猫が逝ってしまったんだよ
ゴロゴロ
お前、ボクのことをなぐさめてくれているんだろう？
ゴロゴロ
にゃ～ん
二人とも今夜はあの子の通夜につき合ってくれるかい？
よろこんで
に～
おでん

猫が舐《な》むる受験勉強の子のてのひら

加藤楸邨《しゅうそん》

「ふう、もう二時か……」、将彦は疲れた声で呟《つぶや》くと、皿のドーナツのかけらを口に放り込んで、椅子《いす》からふらりと立ち上がり、深夜のベッドに倒れ込んだ。

ベッドの脇の壁には「根性！」「絶対K高校合格！」の張り紙がしてある。将彦はそれを見つめながら、ドーナツを飲み込んでため息をついた。まだ、K高校に受かる実力がないのは自分でもよくわかっていた。模試の偏差値がなかなか上がらない。けれども合格するにはやるしかないのだ。また、将彦はため息を吐《は》き出した。

すると、ドアをかしゃかしゃ擦《こす》る音がした。「なんだ、チョコのやつ、まだ起きてたのか」、猫のチョコの爪《つめ》の音だった。ドアを開けて入れてやると、ベッドの上でチョコを膝に乗せて将彦は呟いた。

「俺、K高校受かるかな？　美紗はもう余裕の合格判定なんだ」、チョコは将彦の手をそっと舐めた。「お前は優しいな」、しかしチョコの口元を見ると、ドーナツの……「砂糖かよっ！」、将彦は思わずツッコんだ。

[春]

ゴシゴシ
ねむい…
カリ
カリ
諸君
今こそぼっちゃんに日頃のご恩返しをする時ではないかね？
うん
やろう
よっ
ひょい
ぼっちゃん疲れてませんか？肩でももみましょうか？
あっこの問題てこずってますんか？
ガンバってぼっちゃん!!
明日模試だから邪魔しないでくれよ〜
ぼっちゃんなら合格できます
もみ
めっちゃこってますがな〜
もみ
その問いやったらたしかこのへんにヒントが
30分後
ぐー
ぐー
ぐー

人恋《こ》ふる捨猫のゐて冬《ふゆ》木《こ》立《だち》

坂本登美子

皆さん、「猫ホイホイ」をご存じだろうか？

ぼくもつい最近テレビで知ったのだが、床に色つきテープを貼り付けて囲いを作ると、そこに猫が近寄ってきてその囲いのなかに入ってしまう現象をいうらしい。囲いの形は○でも△でもいい。

でも、なぜ猫はそこに入るのか？　専門家によると、猫は高いところを好むから、そのテープの囲いの内側に高さを錯覚して入ってしまうのかもしれないと説明していた。なるほど、そんな「猫ホイホイ」の話題に触れたあとでこの句を読むと、ちょっと不思議な光景のなかに捨猫の姿が浮かんできた。

この句で捨猫がいるのは、冬枯れた木立である。木立の下には落葉が敷き詰められている。風のいたずらか、その落葉が円をかたどっているところがあって、捨猫がその○に惹《ひ》きつけられてすっぽり収まって佇《たたず》んでいるのである。落葉で作られた円の真ん中で人を恋しがる捨猫。そんな想像をすると、ちょっとシュールな哀愁が漂う情景になる。

冬

ハタ…
にー
サッ
にー
にゃーん
にー
にゃー
にゃーう
おー みんな
にゃーう
いやー おじょうさん スミマセンなぁ
お世話になりますにゃー
にー
にー
にー
にー
にー
にー
にー
にー
にー

ねこに来る賀状や猫のくすしより

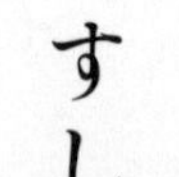

久保より江

この句でわからない言葉があるとすれば、「くすし」であろう。漢字で書くと、「薬師」「医」なのでもうおわかりかと思う。古語「くすし」は「医者」のことをいう。

ということは「猫のくすし」とは獣医を指す。九音目に「や」の切字《きれじ》が置かれ、ここで意味合いが軽く切れる。「うちのねこに来る年賀状だなあ、あの猫の獣医さんからの」と続くのである。

新年の季語「年賀状」は、ほとんどが人間から人間へ新年の御祝いの気持ちを込めて送るものである。それが我が家の猫宛てにきたものだから、飼い主の家族も正月から微笑《ほほえ》ましい気持ちに包まれたに違いない。

猫に年賀状を一応読み聞かせてみる。

「明けましておめでとうございます。昨年は結膜炎《けつまくえん》でたいへんでしたね。また何かあればいつでもお越しください。○○動物病院××院長」。猫は「にゃー」と答える。年始の挨《あい》拶《さつ》、または返信任せたの「にゃー」なのか？

新年

タン
タン
タン
わしにも見せてみー
お前にもお年賀きたよ
スン
スン
あむ
ふむ
ふむ
筆と墨を持てーい!!
返事出すの!?

春の雨ときどき猫のあまえごゑ

花島陽子

「あ、雨」

干していた洗濯物を取り入れているとき、ちょうど雨が降り出してきた。

静かな部屋でそれらをたたんでいると、かすかに雨音が聞こえてくる。その音に交じって、猫のレインの甘え声が時々耳に届いてきた。寝起きの甘え声であり、雨音を聞きつけての寂しがるような声の様子でもある。

どしゃぶりの日に下の子が拾ってきた野良猫だった。

雨の日に出会ったからレイン。その日も親猫を恋しがるように寂しい甘えた声で鳴いていたレイン。

「レイン、ここにいるわよ」

安心させるように声をかけてあげる。私を探し求めるように歩いてきた寝起きのレインを招き寄せる。膝の上にぴょんと跳《と》び乗ってくる。

レインは雨音を子守唄にして、温かい膝の上でふたたびゆっくり眼を閉じた。　[春]

しとしと
ゴロゴロ
スンスン

猫の姫猫のごんたと恋をして

京《きょう》極《ごく》杞《き》陽《よう》

人間の男と女でもこの句のようなことはたまにある。こんな綺麗《きれい》で上品に見える女性のそばに、なんでこんなごん太くれの男がいるのか、と。ちなみに悪者やごろつき、またやんちゃな子どものことを関西ではごん太くれと言ったりする。

猫にもそのパターンがあるようだ。猫の姫というと、たとえば大事に飼われているペルシャ猫か。猫のごんたは漫画『じゃりン子チエ』に出てきそうな額《ひたい》に切り傷をつけた喧嘩《けんか》好きの野良猫か。そんな二匹が恋に落ちたのである。

遠藤周作のエッセイに、女性は「善良な男」よりも「悪い奴」に魅力を感じると書いてあった。なぜか？　悪い奴の「大胆《だいたん》、不良、冒険的、力づよい、圧倒的、毒だが楽しい」というイメージに惹かれるらしい。猫の姫も猫のごんたの悪さにやられたのだろうか。

「今度よ、オレが最高に効くマタタビ取ってきてやっからよ」

「嬉《うれ》しいわ！　私、マタタビなんて初めて」、猫の姫が暮らす豪邸の裏庭での一コマである。

春

なーお
うなーお
なーお
なーお
なーお
なーお
なーお

猫の毛の暗く過ぎけり螢《ほたる》籠《かご》

石田波郷《はきょう》

螢を飼ったり観賞するために用いる籠を「螢籠」といって夏の季語になっているけれど、ぼくが子どもの頃はネスカフェのコーヒーの空き瓶《びん》を綺麗に洗って螢を飼っていた。プラスティックの蓋《ふた》には錐《きり》で穴をいくつか開けて空気穴を作り、瓶のなかにはヨモギを入れて螢を飼ったものだ。枕元にそれを置くのが夏の夜の楽しみだった。

この句の螢籠は竹か木で作られた古風なもので、昔ながらの日本家屋の軒先《のきさき》などに吊《つる》されているような風情《ふぜい》がある。そんな螢籠の下を猫が通り過ぎたのだ。

この句で注目したいのは「猫の毛」。「猫」が過ぎたといわずに、「猫の毛」が過ぎたと細《こま》かく表現している。このゆきとどいた描写によって、よけいに螢の明滅も淡《あわ》く幽玄《ゆうげん》に見えてくるのだ。「暗く過ぎけり」だから、ほんのりと螢の光が猫の毛に映《は》えているのかもしれないし、その光が消えた一瞬に猫が通り過ぎたのかもしれない。

そんな夜の場面を見過ごさなかった俳人の眼も、猫の眼のように光っているようだ。［夏］

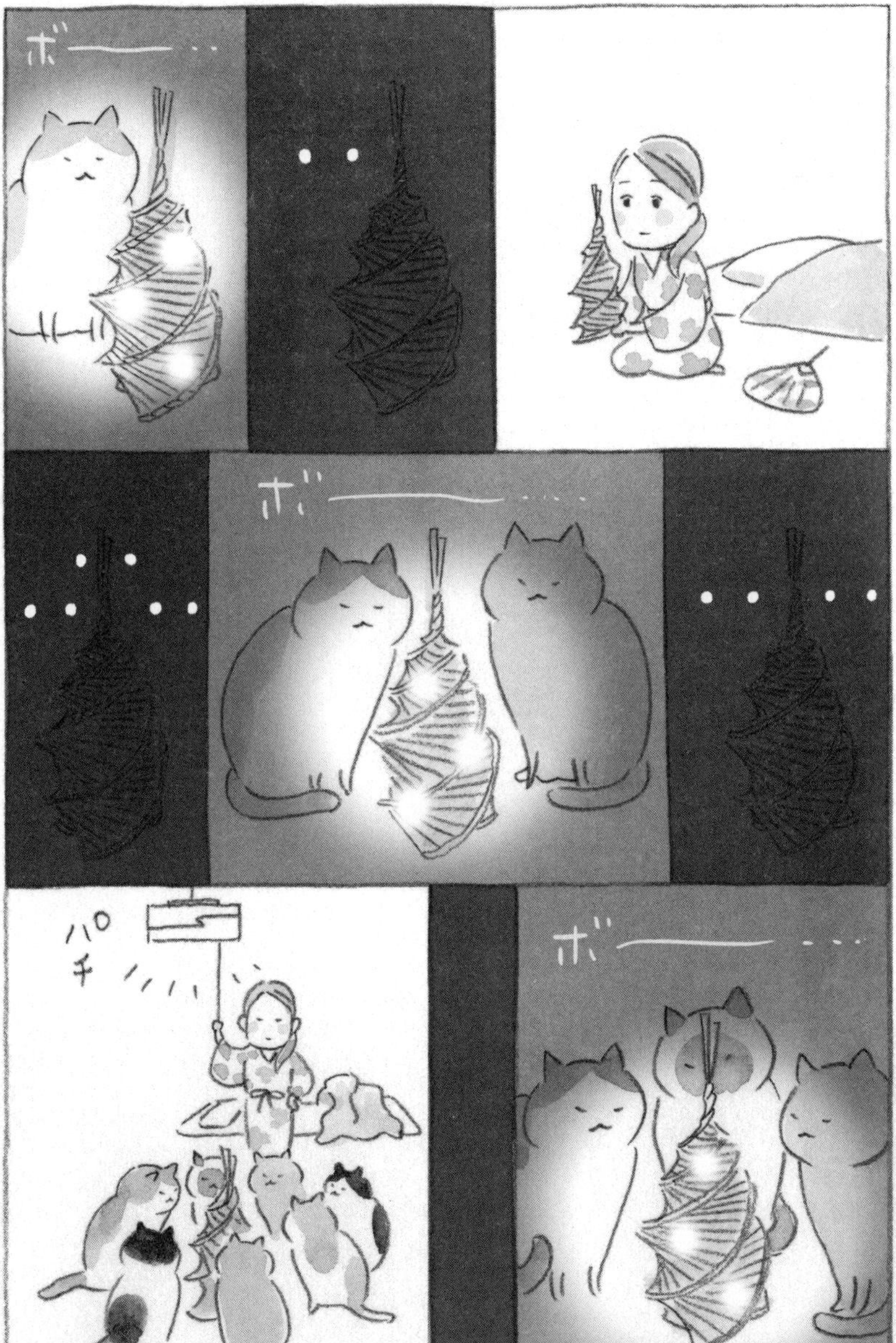

ボーーー…
ボーーーー……
パチ
ボーーーー…

猫を叱《しか》るや昼寝の夫《つま》がこたへをり

加藤知世子《ちよこ》

この句では「妻」という言葉が出てこないのに、その存在感が大きい。猫を叱っているのは妻である。それは「猫を叱るや」の切字《きれじ》「や」のあとに、昼寝の夫が登場するからそうだとわかる。「や」という切字のクッションを置いて、場面が転換されるのである。ちなみに「昼寝」が夏の季語で、「夫」は古語では「つま」と読む。「夫」を「つま」と読むなんて、なんともややこしい話だけれど。

「もう、いいかげんにしてよ!」

猫がまた柱でカリカリと爪でも研《と》いでしまったのか、それとも観葉植物でもひっくり返してしまったのか。とにかくそんな猫の行動に妻は怒って声をあげた。

すると、その声に反応して昼寝をしていた夫が、

「あ、ごめん」などと、もにょもにょ眠そうな声で応《こた》えたのである。猫に向かって叱った妻は、思わず吹き出してしまったのではないだろうか。

平穏な夫婦と猫との暮らしぶりが微笑《ほほえ》ましい。

夏

お父さん もーすぐ 夕子の彼が あいさつに 来るわよ 着がえ なくて いいの?
うむ
トラよお前に 全てをまかせる
私の代わりを 頼んだぞ
ポン
コンコン
お父さーん みえたわよー
どーしよ どーしよ
お父さーんっ
にゃ…
にゃーーっ
(わかってる)
にゃーーっ
(今いくから)
逃げたわね!!
バッ
にゃー
(夕子の父です)

ゐのこづちまみれの猫と明暮《あけく》れを

手塚美佐

ぼくは田舎育ちなので、子どもの頃よくイノコズチを衣服につけて野山で遊んだものだ。イノコズチは茎《くき》の節のふくらみが牛の膝頭《ひざがしら》に似ていることから漢字で「牛膝」とも書くが、ぼくらは単に衣服に付着するので「くっつき虫」と呼んでいた。

イノコズチがその小さな実をつけるのは秋である。したがって、この句の猫も秋の野山で走り回ってきて、イノコズチを体じゅうにつけてきたことになる。

人間の衣類にもよくくっつくが、猫の毛にもイノコズチはたくさん飛びつきそうだ。イノコズチはむやみにくっつくのではなく、自分の種子を遠くに運んでもらうため、子孫繁栄のためだから、なかなかこれで必死なのである。

この句の猫は家と外を自由に行き来できるのか、それともすぐに外へ飛び出してしまうのか。とにかくイノコズチにまみれた猫と一緒に日々を暮らしている。

イノコズチは無数にくっつくから猫から全部取り切れない。そこにおかしみと悲しさがある。

秋

ガサ
ガサ

秋の夜の猫のあけたる障子《しょうじ》かな

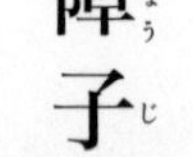

細川加賀

一般的に「秋の夜長《よなが》」というが、『俳句歳時記』では「秋の夜《よ》」と「夜長」は同じ意味合いではあるが、分かれて載っている。文字通り「夜長」は夜の時間的な長さをとらえた季語で、「秋の夜」はその長さのなかでのしみじみとした夜の趣《おもむき》をとらえた季語である。「障子」は冬の季語だが、この句では「秋の夜」がメインの季語となる。

この句の秋の夜も、しんとした雰囲気である。飼い主は、机に向かって読書をしているか、書き物をしているか、そんな感じだろう。そこへ、すっと障子が開いた。人の気配もしなかったので、ハッとして飼い主はその方を見やる。

するとなんのことはない、うちの猫が器用に障子を開けて入ってきたのである。

「なんだ、おまえか」、飼い主が微笑んで声をかける。

「おまえも寂しかったんだね。さあ、おいで」と猫を膝に招き寄せた飼い主は、開いた障子から差す月光を眺《なが》めるのだ。

一読して面白い句に思えるが、季語を踏まえて読むと、心に沁《し》みる句である。

秋

リリリ
リリリリリ
くそう なかなか 寝ないなぁ
こりゃ まいりやしたね アニキ
こうなったら リスクは 高いが 作戦決行だ!!
キリリ
合点承知
かつおぶし

捨猫の群るる白夜《びゃくや》の石《いし》畳《だたみ》

岩崎照子

森繁久彌《もりしげひさや》さんが作詞作曲した『知床《しれとこ》旅情』に「白夜」という言葉が出てくるが、実際北海道では白夜は見られないらしい。北海道で見られないということは、当然日本では白夜は体験できないということになる。北緯及び南緯がある程度以上の地方に起こる現象というから、この句も外国の景色と考えていい。

ちなみに詳しい『俳句歳時記』には「白夜」は夏の季語として載っている。「路面チェス数人かこむ白夜かな　森田峠《とうげ》」の句なんて見ると、ああ外国の風景だなというのがよくわかる。チェスの句はちょっと暇な人間が集まっているが、捨猫はなぜ群れているのだろう。「白夜の石畳」は北欧あたりの風景だろうか。

いろいろな状況が想像できるが、たとえば猫好きのおばさんが石畳に置いたエサに群れているのかもしれないし、捨猫たちの集会みたいなものがあって集まっているのかもしれない。

理由はどうあれ、行き所のない捨猫たちの寂しさが滲《にじ》んだ光景である。

夏

捨て猫の会
この中にわれわれの仲間ではないものがおる。
ざわ
ざわ
ざわ
誰よ？
誰よ？
お前しかおらんやろ

香水を猫に嗅《か》がせて鳴かれけり

進藤一考《いっこう》

「よし、これで準備完了。今から出れば十分前には着くから大丈夫」

良枝は初めてのデートの待ち合わせで相手を待たせないように、いつもの時間にルーズな悪い癖《くせ》を改めようと、今日は早めの準備を心がけた。

「あ、最後の仕上げを忘れてた。香水、香水と……」

手首に振りかけたのはシャネルの香水。その名も「チャンス」。ネットで調べ上げて、実際ショップでも香りを確認して購入した。「甘いけれどちょっぴりスパイシー」、狙《ねら》っているイメージにぴったりだ。良枝は玄関に駆けてゆくと、靴を履きはじめた。

と、そこでレオのご飯に気づいた。慌《あわ》てて良枝はキャットフードをお皿に入れながら、

「レオ〜！　ご飯置いとくからね！」と叫《さけ》んだ。

どこからともなく走ってきたレオが良枝の足に飛びついた。絶叫する良枝のストッキングは豪快に破れた。

そして今日も良枝はきっちり十分遅れて待ち合わせ場所に到着したのだった。

夏

ジーワ
ジーワ
チリーン
ミーーン
ミンミン
行ってくるね〜
ぎゅ〜
♪〜
臭いがついたにゃ〜
てち
てち
てち
てち
……
おかえしの香水にゃ♪
シュ

小《こ》春《はる》日《び》の猫に鯰《なまず》のごとき顔

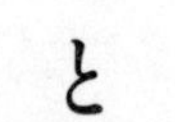

飯田龍《りゅう》太《た》

ナマズは、正面からよく見ると、なんとなく間の抜けた顔つきをしている。大きな口で両眼がきょとんとしていて、ヒゲがだらんと垂れている。それらを総合すると、「どこ見とんねん」とツッコミたくなるようなポカーンとした表情に見えるのだ。

そんなナマズの表情を「小春日の猫」に見て取っているのだが、まあよっぽど猫もリラックスしているんだろうなあと思わせる。リラックスさせているのは、小春日という天候である。「小春日和」とよく言うけれど、意味は同じで冬の季語になっている。立冬を過ぎてからの春のように暖かい晴れた日のことをいう。

おそらく小春日の縁側で、猫を膝《ひざ》に乗せて日向《ひなた》ぼっこでもしているのだろう。膝の猫を弄《もてあそ》んでいると、「あれ？　ナマズに似てないか？」と気づいたのだ。

猫は眼をつぶって気持ち良さそうにニンマリしている。さらに、ナマズとの共通点に気づいてしまう。

「ヒゲまで似てるなんて！」。ヒゲの先までリラックスした猫なのである。

冬

よっ
パサ
ポカ
ポカ
あ
ポカ
ポカ
どーやって？
ポカ
ポカ

やうやくに猫を閉め出し雛《ひな》飾る

津久井健之《たけゆき》

「もう！　ココも光太もいいかげんにしなさい！」

お雛様を飾ろうとしている部屋で、いつまでも猫のココと五歳の光太がじゃれ合っているのでいっこうにはかどらない。

小学四年生の絵里が帰ってくるまでに雛飾りを終えて、サプライズにしたい。長女のあっと喜ぶ顔が見たい。そう思っていた母の能里子は、この果てしなく続くココと光太の追《お》っかけっこにイライラが募《つの》っていた。

「さあ、ほんとにもうどいてもらうわよ。これから強制撤去を行います！」

能里子はまず走り回る光太を捕まえて抱き上げると、部屋の外へ閉め出した。ヤダヤダを繰り返して泣く光太。さて、次はココだ。このチビ猫はなかなか小回りがきく。光太よりも素早いココを追っかけ回し、やっと捕まえて部屋から追い出した。

部屋の外では光太が泣き、ココが鳴いている。泣きたいのはこっちよと息を切らしながら、能里子はようやく押入れから雛道具を出し始めた。

春

3月
ポイ
5月
・・・
パパパ
ハシッ
6月・10月
・・・
ゴッ
ゴッ
12月
わー
わー
どどどど!!
ピシャ

蚊《か》遣《やり》して死にゆく猫と夜を徹《てつ》す

田中芳夫

ぼくはこの句に満ちている厳粛《げんしゅく》な空気に、親しい人間を看病しているのと同じ空気を感じ取った。看病する飼い主の真剣でいて悲しみの色を浮かべた表情と最期が近い猫の弱々しい様子。飼い主が優しく猫の体を撫《な》でている絵も浮かんでくる。

その厳《おごそ》かで静かな空間を流れているのが、蚊遣の煙なのである。

現在では化学薬品を使った蚊取りも多く出回っているが、この句の蚊遣は渦巻き型の蚊取り線香だろう。陶製のブタのかたちをした容器に蚊取り線香を点《とも》して、その煙が夏の夜の部屋を少し曇らせているのだ。

「夜を徹す」の言葉から、一晩中、猫のそばにいて看病する飼い主と猫との親密な関係が見えてくる。猫を飼っている人がこの句を読めば、なおさら自分のことのように身につまされて心が締めつけられるだろう。

俳句はユーモアのある内容に限らず、さまざまな物事を一句にできる。この句のように「死」という重い題材も粛々《しゅくしゅく》と詠《よ》めるのが、俳句の器《うつわ》の大きさである。

夏

ガサ…
ポト…

うららかや猫にものいふ妻のこゑ

日野草城《そうじょう》

この句は夫が妻を優しい目で見つめている光景である。しかも妻が猫に何か話しかけているとなれば、愛妻家ならもう胸がキュンキュンしてしまう情景だろう。妻の言葉に、猫もたまにニャンとかなんとか応《こた》えたりしているのだ。妻もかわいいし、猫もかわいい。耳を澄《す》ましながら微笑んでいる夫の様子が目に浮かぶ。

この猫が飼い猫かどうかは俳句からは明確にわからない。ひょっとして路上で野良猫に話しかけているのかもしれない。でも、ぼくは飼い猫と解釈したい。場所は縁側か日当たりのいい窓辺のソファだろうか。

「日当たりのいい」と限定したのは、春の季語「うららか」が利《き》いているからだ。「うららか」は、春の穏やかに晴れた明るい日をいう。武島羽衣《たけしまはごろも》作詞、滝廉太郎《たきれんたろう》作曲『花』の「春のうららの隅田川」というフレーズを思い出すとよりわかるだろう。「や」は切字《きれじ》で、「うららかだなあ」と詠嘆《えいたん》の意味合いになる。同時に夫の「ああ、かわいいなあ」という声まで聞こえてきそうだ。

春

ぴょんこ
ふあ〜
うらうら
ふあ〜
ふあ…
まてまて〜

猫の飯相伴《しょうばん》するや雀《すずめ》の子

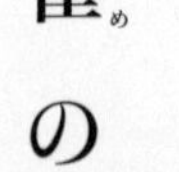

小林一茶《いっさ》

「さあさあ、今日もようネズミを捕まえたなあ、チューことで飯や、飯！」

飼い主が用意してくれた猫まんまを前に、ネズミだけに「チューことで」ってなかなかうまいこと言いよるなと自画自賛、ご満悦の猫だったが、そこにチュンチュンと雀の子が跳《は》ね跳ね近寄ってきた。

かと思うと、雀の子は何のためらいもなく、

「ほな、いただきまーす！」

いきなりそう言って猫まんまに、小さな顔を突っ込むとツンツン夢中で食べだしたものだから、猫はあまりのことに一瞬茫然《ぼうぜん》、すぐに気を取り直し、

「ちょいちょい、待ていっ！　誰の飯やと思とんねん。わしの飯や、こら！」

雀の子は「はい？」という表情で顔を上げると、首をかしげた。くちばしの回りは米粒だらけ。猫はそのまったく悪気のない顔つきを見て、「……かわいいやんけ、こいつ」と思ってしまう。再びツンツンやりだす雀の子を横目に、猫は並んで食べはじめた。

［春］

チチチ
チチ
ごはんだよー
にー
バサ
バサ
バサ
チチチ
チュン チュン
チチチ

三毛猫と黒猫と会ふ夜《や》涼《りょう》かな

藤田湘《しょう》子《し》

三毛猫を調べてみると、基本的に三毛猫の性別は雌であることがわかった。稀《まれ》に雄の三毛猫が生まれることもあるらしいが、その確率はおよそ三万匹に一匹の割合だというから、ほんとうに雄の三毛は稀少《きしょう》といえる。だから、その確率からいえば、この句の三毛猫も雌と考えるのが妥当《だとう》だろう。

そう考えると黒猫は雄だろう。恋猫同士の句と想像したい。

黒猫は欧米では不吉の象徴とされることが多いようだ。中世ヨーロッパで魔女狩りが行われたとき、魔女のパートナーとしての黒猫が嫌われ殺されたりした。でも、むかしの日本では魔除けや幸運をもたらす福猫として珍重されたという。三毛猫も招き猫のモデルになっているから、日本では猫は福を運んでくれる良き動物といっていいだろう。

さて、そんな二匹が待ち合わせたのは「夜涼」。夏の涼しい夜である。

夏場の暑さにも「涼し」を感じ取るのが日本人の粋《いき》であり、猫たちの逢瀬《おうせ》もしゃれている。

夏

カササ
わたあめ
たこやき
とうもろこし
ドドーン
パーン

花《はな》野《の》人《びと》バスケットより猫放つ

小松世史子

この句には花野に辿《たど》り着くまで、電車やバスを乗り継いできた雰囲気が漂っている。それはバスケットで猫を運んできたという描写から想像されるのだ。

今風のペット専用のケージではなく、籐《とう》で作られたバスケットなのがいい。オシャレで少し古風なバスケットによって、秋の草花の咲き満ちた野原である「花野」の風景がいっそう眼に浮かんでくるようだ。

「花野人」は俳句における省略した表現で「花野にいる人」という意味合いである。飼い主は花野に辿り着くと、自分の心を解放するようにバスケットのふたを開けて猫を放したのである。普段、室内で飼われている猫であれば、広々とした花野に放たれると飛び上がるように喜んで駆け出すか、逆にその広さにびっくりしてバスケットから出たのはいいが、戸惑《とまど》って飼い主のほうを振り返るかもしれない。

「さあ、自由に遊んでおいで！」

飼い主の晴れ晴れとした声が聞こえてきそうだ。

秋

ザッ
ザッ
♪
ゴロゴロ
猫見つかった？
つかまえた
ガサガサ
脱走常習犯

大《だい》根《こ》引き婆《ばあ》より先を猫が行く

松浦華世

大根《だいこん》（「だいこ」とも）を引きにおばあちゃんが畑をゆるゆる歩いている。その先を猫が身軽に歩いてゆく風景だろう。おばあちゃんと猫とが畑のなか、遠近法で見えてくる。

この句の猫はおばあちゃん子で、何かというとその後を付いてくるようだ。大根引きを手伝えるわけでもないのに、畑におばあちゃんが出掛けると猫もその後を追うように付いてくる。しまいにおばあちゃんを追い越して、畑で遊び出したりするのだ。それを微笑《ほほえ》みながら横目に見るおばあちゃん。

大根を何本引くのかにもよるけれど、腰をかがめて土から大根を引っこ抜く作業は、おばあちゃんにとってなかなかの重労働である。

「こないに寒いのに、元気やのう、タマは」

そんなおばあちゃんの声が聞こえてきそうだ。「大根」は年中収穫されるが、旬の時期は冬である。古名は「おおね」、別称は「すずしろ」。「大根引き」のほかにも、「大根洗ふ」「大根干す」も冬の季語となっている。

［冬］

なんだ
ゴロニャーン
（ねーえ）
どーした
そんなに甘えて
どれ
なでなで
したろな
に
（私のこと好きでしょ）
む？
スルッ
にゃー
（なでなでしたいでしょ）
よし
よし
に
どこへ
行くんだ
スル…
に
（こっちこっち）
に
（これちょーだい）
ネコおやつ
操られ
てる？
あむ
あむ

うかれ猫ヘッドライトに浮きあがる

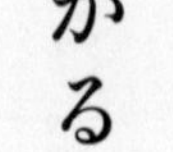

半田卓郎

雌のホルモンに発情して浮かれ歩く雄の猫を「うかれ猫」というのであって、決してただ楽しい気分で遊び回っているわけではない。

　どちらかというと、あの赤ちゃんみたいな声でミャヤーミャヤー、ギャヤーギャヤーと狂おしい声で鳴いているのを耳にすると、なんだか苦しそうにも聞こえてくる。そんな春先のうかれ猫がヘッドライトの前に飛び出してきたのである。最初、車のヘッドライトの先の方に猫の影が浮かび上がる。少し速度を落として眼を凝《こ》らしてみると、ちょっと猫の様子が普通じゃない。車が近づいてきていることなど意に介《かい》さないように、どこかうわの空である。その道の向こうに、意中の雌の猫がいて、その強《きょう》烈《れつ》なホルモンにメロメロになっているようなふらつき加減である。

　思わずクラクションを鳴らすと、うかれ猫はハッと振り返る。すると、その眼は異様な輝きを放ったまま、恋する相手の元へと一直線に駆けてゆくのだった。

春

あっネコ!!
ふふふ
かわい〜
ん?
んん!?

暑き日や先《ま》づ猫が邪魔《じやま》夫《つま》が邪魔

上野さち子

「はいはい、じゃまじゃま」という妻の声が聞こえてきそうな句である。

おそらく掃除でもしているのだろう。掃除機を持った妻が汗をぬぐいながら、各部屋を回っているのである。「暑し」は夏の季語で、「暑き日や」と切字「や」を置くことによって、猛暑を嘆《なげ》いている気持ちが伝わってくる。

リビングではまず猫がのんきに寝そべっている。掃除機の音を聞いても起きない猫に、「はいはい、どいてどいて」と妻は床から猫を剥《は》がすように、掃除機で威嚇《いかく》する。猫は仕方ないというように起き上がって部屋から出てゆく。

次の標的は夫である。夫も寝そべっているか、テレビを見ているかして、ぼうっとしている感じだ。夫が家にいるのだから、この句は土日の光景かもしれない。

夫にも猫と同じように、「はいはい、どいてどいて」と掃除機を向ける。「猫が邪魔夫が邪魔」と猫と夫を並列に置き、リズミカルに邪魔者扱いにしたのが面白い。

夏

ミーーン
ミーーン
よいしょっ
そうじしたら お昼ごはんの 支度して お買いもの 行って…
暑いわ〜
……
ブイイイイ
ゴロ…

青《あお》葉《ば》風《かぜ》寺受付けの猫二匹

杉本 貞

この句と同じような光景を鎌倉の寺で見たことがある。

拝観料を支払う受付で、一匹の猫が寝そべっていたのだ。訪れる観光客に触られ慣れている感じでおとなしいものだった。

おとなしすぎて、カメラ女子が来てレンズを向けても、猫は顔も上げないし、ピクリともしない。悟《さと》った猫っぽかった。

この句の猫は二匹だからまた様子が違いそうである。

どんな関係の二匹なのか。親子か夫婦か親戚か。いずれにしろ、二匹いてもやっぱりあんまり騒いだりしない、静かに受付を見守っている猫なのだろう。だから、青葉を吹き抜けてくる風にも、少し耳を立てるか、片眼を開けるくらいでほとんど関知しない。

青葉風が吹いているものの、二匹の猫もこの句そのものも不思議に静かな印象を与えるのは、一句のなかに動詞が一つも使われていないせいかもしれない。

そういえばこの二匹の猫、並んで坐禅《ざぜん》を組んでいる雰囲気もありはしないか。

夏

カラララ
こんにちはー
あ
うん
おじゃましま…
待て待てーい
ここを通りたければ手形を見せい
ズイ
ズイ
これでお願いできますか
ネコのおやつ大好きちゅる〜る
まぐろ
うむ
ではでは失礼します
行ってよし
ところで先ほどのちゅる〜るはいつ いただけるのかなっ

留守番の猫三匹の月夜かな

長谷川櫂《かい》

「それじゃあ、行ってくるわね。おとなしくしてて頂戴《ちょうだい》ね」

老夫婦が留守を任せたのは三匹の猫である。猫三匹に留守番を任せるとは、なかなかの度胸《どきょう》である。また違う見方をすれば、それだけ信頼関係が築けているともいえる。

この句から感じる雰囲気は、ケージに入れられた猫ではない。家のなかを自由に歩き回れるように放たれている状態だろう。ほんとにおとなしい猫たちかもしれないが、ぼくの頭には三匹でじゃれまくり、元気に走り回る様子が浮かんでくるのだ。

研《と》いじゃいけない場所で爪を研ぎ、花瓶を倒し、本の山にぶち当たり……。

しかし、日が暮れて月が昇る時間になってくると、三匹の猫もだんだん遊び疲れてきた。散らかした部屋で、老夫婦の帰りがちょっと恋しくなってくる。

やがて、マントルピースの上にぴょんと飛び乗った三匹はきちんと並んで、首を少し伸ばして、老夫婦の帰りを待つのである。しんしんと秋の月光を浴びながら。

[秋]

いい子にしてるのよ～
ただいま～
パチ…

坐《ざ》禅《ぜん》僧《そう》のまたきひとつ猫の恋

加藤知世子《ちよこ》

坐禅をする僧侶《そうりょ》はめったなことでは揺るがない。驚かない。
耳元に蚊《か》が何度も飛んでくる。
揺るがない。驚かない。ぴくりともしない。
隣の新米僧侶が警策《けいさく》（木の平たい棒）でぴしりと打たれる。
揺るがない。驚かない。ぴくりともしない。
音は聞こえないが、すかしたあの匂いが漂ってくる。
揺るがない。驚かない。ぴくりともしない。
寺の庭でいきなり「ムギャー！　ナムムムギャー！　ムムギャ！」
揺るがない。驚かない。
ぴくり、とちょっとだけしてしまう。
猫の奴、あまりに恋に無心なゆえ、声が読経《どきょう》に似ておったわい。
警策を持った巡回する僧が、揺るがない僧侶の前で立ち止まった。

春

スンスン
さむ〜
さむ〜
さむ〜

小《こ》春《はる》日《び》の猫の入りくる診療所

瀧《たき》澤《ざわ》伊《い》代《よ》次《じ》

村に一つだけある診療所に、真っ白い猫が入ってきた。

「おお、よう来なさったの」

診察の順番を待っているテツじいが、前を横切る白猫に声をかける。

猫は窓辺の日当たりの一番いい場所へ歩いてゆく。

小春日《び》和《より》の今日は特にその席は暖まっているはずである。脚を折りたたんで白猫は腰を下ろした。

「最近見かけんかったよって、どこへ行ったんやろてみんな心配しとりましたぞ」

テツじいが話しかけるが、白猫は眼をつぶって暖まることに専念しているようだ。

この村では白蛇は神様の使い、またその化《け》身《しん》として大事にされており、見かけると幸運が訪れると信じられているが、白猫も同じような扱いを受けている。

「あんさんを診療所で見たよって、わしの病気もじきに治るやろ」

笑顔でテツじいがそうつぶやくと、日だまりの白猫もにんまり笑った。

冬

にゃ
にー
あら いらっしゃい
よしよし
ゴロゴロゴロ
先生の回診です
ネコは入れちゃダメって
言ったでしょ?

山女《やまめ》焼けごろ宿の猫かしこまる

上野和子

この句の宿は、きっと近くの渓流で釣ってきた新鮮な川魚を旬の山菜なんかと一緒に食べさせてくれるのだろう。そして猫を飼っている。

宿の猫はマスコット的な感じで、宿泊客にかわいがられている。みんなに頭を撫《な》でられたり、アゴの下やお腹をごろごろ触られたり。時には、お客の膝《ひざ》の上に乗って悩みや愚痴《ぐち》を黙《だま》って聞いてあげたりもする。なかにはこの猫に会いたいがために来るお客もいるくらいだから、招き猫でもあり宿泊客の癒《いや》しの存在でもあるのだ。

そんなふうに猫もお客と日々触れ合ってサービスしているわけだから、お腹も減る。一日中、ぶらぶらしては寝ているそのへんの猫とは違うのだ。

「今日の皆さんの夕食は山女か」、と猫は嗅《か》ぎつける。焼けごろを見計らって、厨房《ちゅうぼう》の入口で待機する。厨房には入らない賢い猫である。

前脚を揃《そろ》えて背筋を伸ばす猫の姿に料理人は気づく。微笑んだ料理人は、網の上に山女を一尾追加した。

夏

あっ!! ばーちゃんだっ
みんなー いらっしゃーい
ばーちゃんっ
あらあら お行儀がいいのねぇ
ビシッ
ある日
あっ!! ネコいっぱい
通りすがりのカメラ女子
かわいい～ こっちにおいでよ～
CAT EYE
ピピ
食べ物を持ってない
何も持ってない
ピピピピ
しらーー・・・
・・・

猫起きて家族の揃《そろ》う小《こ》正《しょう》月《がつ》

前田保子

家族の誰よりも遅く起き出してくるのが猫というのもなんだかユーモラスな絵だが、しかし実際猫はよく眠るのである。

一日の睡眠は平均十二時間から十四時間ともいわれているようだが、熟睡している時間は長くないようだ。そういえば、猫はちょっとした物音でも眼を覚ます。

ちなみに猫も夢を見るらしく、手足をぴくぴくさせたり、むにゃむにゃ言っているようなときは夢見の最中らしい。猫の夢を覗《のぞ》くことができたら楽しいかもしれない。

この句の季語は「小正月」で、一月十五日、または十四日から十六日までを指していう。大正月《おおしょうがつ》といえば元日のことだが、それに対する小正月だ。

「家族の揃う」と詠《よ》まれているけれど、さりげなく「家族」という言葉が使われているのがいい。我が家の猫が加わらないことには、家族が皆揃わないのである。

この「家族」という言葉から、どれだけ猫が大事にされているかが見て取れる。

新年

はい
お年玉
ありがとう!!
にゃ〜う
にゃ〜〜う
(お年玉じゃ)
あ、、
ありがとう
ミケ、、
ねずみ

恋猫《こいねこ》の恋する猫で押し通す

永田耕衣《こうい》

「まあ、たいへん！　父ちゃん、ちょっと来てよ！　早く！」

日曜の昼下がり、母の絶叫《ぜっきょう》にテレビを見ていた父が何事かと玄関まで駆けてきた。

「見て、この子。すっかりボロボロじゃないの。泥だらけで鼻のところなんか擦《す》りむけちゃってさ。ねぇ、父ちゃん、どうしたのかしら、この子」

「恋だな、恋。春だからな。寅次郎のやつ去勢《きょせい》してなかったろう？」

「なんで恋で、こんなにボロボロになんなきゃいけないのよ。かわいそうに」

「どうせ、マドンナ猫かなんかめぐって他の雄猫と闘ってたんだろうよ、寅次郎は。俺たちもさ、寅次郎なんて因果《いんが》な名前つけちまったもんだな、まったく」

「因果なって、あんたがつけたんでしょ。タコ社長みたいな頭してさ！」

「なにっ！　タコ社長とはなんだ。やるかっ！　おもて出ろ、おもて」

「あ、寅ちゃん！」

二人がつかみ合う寸前に、寅次郎はまた旅立っていった。

春

夜
出るにゃー
出るにゃー
ガリガリ
ガリガリ
早く帰るんだよ
開けとくからね
にゃ
次の日
あれ？ 帰ってない
また次の日
ミケー
ミケちゃん
一週間たち
お腹すかせてないかしら
怖い思いしてないかしら
4ヶ月たった頃
みゃー
おかえり
もり
もり

犬追うてかけ出る猫や秋の風

橋本鶏二《けいじ》

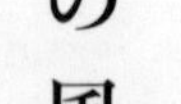

「かけ出る猫」に並々ならぬ気迫というか危機感が漲《みなぎ》っているように感じる。

では、なぜ猫は犬を追いかけていったのか？

これもさまざまな理由が考えられるだろう。

たとえば、庭先で猫が食事をしていたら、突然犬がやって来て横取りされた。そのときは恐《こわ》くて何もできなかったけど、食べ終えた犬が悠然《ゆうぜん》と去る後ろ姿を見ていると、どうしても腹が立って一発喰《く》らわしたい気持ちに駆られてかけ出していったとか。

または、猟奇《りょうき》的な人間に捕まりかけていじめられる寸前の猫を、通りがかりの犬がうなり声をあげて助けてくれた。すぐに去っていった犬にその場でお礼を言えなかった猫は、ある日街角でその犬を見かけてお礼を言うためにかけ出していったとか。

秋の風が少し寂しい味付けになっているが、いったいこの猫はなぜ犬を追いかけていったのか、皆さんもいろいろと想像してみてはいかがだろうか？

おそらく十人十色の二匹の物語が生まれるだろう。

秋

ピュ～…
ブルル……
ムク…
カッ
カッ
パフ
？

いぶかりて猫がころがす茗荷《みょうが》の子

小林鳥有男

ぼくは幼いころからよく茗荷を食べていた。母が細かく刻んで酢味噌和《すみそあ》えにしたり、味噌汁の薬味として入れたりした。

夏の季語であるショウガ科の茗荷は、さっぱりとした独特の香りと風味があって食欲を増進してくれる。人間にとっては夏料理のアクセントになる薬味である。

しかし、猫にとってはどうなのだろう？

この句の上五《かみご》（最初の五音）では、「なんだこれ!?」といった感じで茗荷を妙な眼で見つめている。紡錘《ぼうすい》形でつるりとした光沢《こうたく》のある小さな未知の物体に、猫は首を傾《かし》げている。そしておそるおそる肉球を近づけていく。茗荷に素早いジャブを喰《く》らわして手を引っ込める。茗荷は転がるだけで反撃してこない。安心した猫は次々にジャブ、フック、ワンツーを繰り出す。

一方的な猫の攻撃に対して茗荷は転がるばかりである。だがやがて、猫はリングから下りて（闘いに飽きて）、傷だらけの茗荷は無言の勝利を収めるのである。

夏

じり
じり
ブブブブブブブブブブブ
ぼ
きゃ
ぼて
だっ
↑最初に戻る

花《はな》韮《にら》や歩いて行けば猫神社

星野麦丘人《ばくきゅうじん》

韮は『万葉集』に「久君美良《くくみら》」（茎の立ったにら）という記述で登場するほど、古くに渡来した野菜である。「みら」がなまって「にら」となり今に至るわけだが、その白い花は小さくてかわいらしい。「韮」は春の季語、「韮の花」は夏の季語となる。

この句の韮の花は畑のものだろう。韮の植わっている畑のそばの道を「歩いて行けば猫神社」があるというのだ。

では、「猫神社」っていったい何だろう？

これはいくつか解釈できるが、たとえば猫の集まる神社や実際猫を神様として祀《まつ》ってある神社が想像される。養蚕《ようさん》（蚕《かいこ》を育てて繭《まゆ》をとること）の盛んだった地域では蚕をネズミから守ってくれる猫が神として崇《あが》められてきた歴史があったり、その他にもさまざまな謂《いわ》れで猫を崇拝《すうはい》してきた土地があるようである。

この句の面白いのは韮と猫との取り合わせ。猫は韮やタマネギを食べると貧血を起こしてしまうのだ。だから穏やかな句に見えて、実は少し皮肉な風景なのである。

[夏]

うーん
うーん

初さんまやや小さきを猫の分

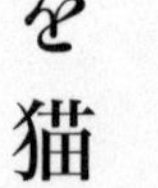

薄井安子

大学生の頃、友人のTとよく秋刀魚《さんま》を焼いて食べた。お金がない学生にとって、秋刀魚の安値はありがたかった。Tは長野出身で実家が農家だったので、美味《おい》しいお米だけはたんまりあった。スーパーマーケットに行って秋刀魚を二尾買ってくると、Tがじっくり焼いてくれた。炊《た》きたての長野の新米と脂《あぶら》ののった秋刀魚は当時最高の贅沢《ぜいたく》だった。そして食後は必ず文学の話になった。ぼくは小説や俳句を書いていたし、Tは短歌を作っていた。お互い生意気な文学論を語りながらも未熟な作品しか作れず、夢だけは大きい学生だった。

この句を読んでそんな学生時代を思い出した。

初さんまはその年はじめて獲《と》れた秋刀魚のことで高値になることが多い。だからそれを猫に分け与えるというのは家族の扱いである。「やや小さき」は、いじわるではなく猫の体に見合った分ということだろう。

猫と飼い主が揃って初さんまに舌鼓《したつづみ》を打つ光景も秋の一コマである。

秋

・・・
ぐい
むぎゅ

猫に貸す蒲団《ふとん》の隅《すみ》やクリスマス

田川飛旅子《ひりょし》

この句を鑑賞するときにまず考えたのは、朝か夜かということだ。

たとえばクリスマスの朝、寒くて蒲団からまだ出られずに少し二度寝でもしようかなと思っているところに、猫がやってきて蒲団の隅を貸してやったのか。

それともクリスマスの夜、独り寝の蒲団の隅を猫に貸してあげたのか。

ぼくとしては夜だとする鑑賞がしっくりくる。独り寝と勝手に決めつけたが、この句からなんとなく侘《わ》びしさが感じられて、独りで蒲団に入っているのだろうなと思わせるのだ。これでクリスマスの夜に二人で蒲団のなかにいるなら、また句の情景が変わってくる。

そうすると、猫はちょっと邪魔者になるから、やっぱりこの句は独り寝がふさわしいように思えるのである。

とりあえずつけている深夜のラジオからは、ワム!の『ラスト・クリスマス』。

「なあ、チョビ。お前も覚えてるだろ？　佳代のこと。今ごろ、どうしてるかな……」

チョビも何と返事をしていいかわからニャい。

冬

ドン
ググー
ううーん

母猫が子につかはれて疲れけり

小林一茶《いっさ》

「ねぇ、ママ。新鮮なアジが食べたい」と子猫のミーちゃん。

「魚屋さんのアジじゃダメかい？　それならすぐに盗《と》ってきてあげるよ」と母猫。

「ヤダ。人間が釣ったばかりのやつがいい。まだ跳《は》ねてるアジが食べたい」

「わかったわよ。じゃあ、ママ頑張って港まで行ってくるわね」

口に小ぶりのサバをくわえて、息せき切って母猫が帰ってくる。

「ミーちゃん、お待たせ。ほら、こんなに生きのいいサバだよ」

「ママ、あたしアジって言ったよね？　こんな小サバなんか食べたくない」

「アジがなかったのよ。ごめんね。今日はなんとかサバで我慢《がまん》してちょうだい」

「ヤダ。アジがいい。大きなアジ。もう一度、港に行ってきて」

「もう一度ねって、行けるかボケ！　港までどえらい遠いんやぞ、コラッ！」

突然の怒り心頭《しんとう》の母猫に、ミーちゃん震え上がる。

震えながら、サバ完食。

春

に゛ー
に゛ー
に゛ー
にー
ひー
ふー
みー…
あら
一匹足りないわ
にー
にー
にー
にー
ハア…っ
あらっ？
また足りないわ
にー
に
に
に

敬老日猫の土足《どそく》を拭《ふ》いてゐし

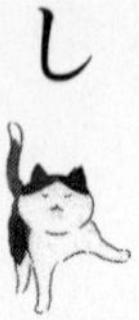

鳥居おさむ

一読してなんともまあ、微笑《ほほえ》ましい光景だろうと思ったのだが、いや待てよと思い直した。お年寄りが猫の土足を拭いているのはたしかに微笑ましいが、この句の季語の意味合いを考えると、少し皮肉のまじった句に思えるのである。

秋の季語でもある「敬老の日」の意味をご存じだろうか。

ハッピーマンデー制度によって、九月の第三月曜日になったこの祝日の趣旨は、「多年にわたり社会につくしてきた老人を敬愛し、長寿を祝う」。これをお読みいただけると、ぼくが少し皮肉な句だと思ったことに頷《うなず》いてもらえるだろう。本来なら老人である自分が労《いたわ》られる敬老の日なのに、逆に猫を労っているのだ。

でも、皮肉だけではなくおかしみが漂っているのがこの句の愛嬌《あいきょう》でもある。老人を敬愛もしないし、長寿を祝うことなどできない猫だからこそ、老人に肉球を預けきったその姿に愛嬌が生まれるのだ。

さあ、猫くん、肉球がキレイになったら肩でも叩《たた》いてあげてねって、無理か。

[秋]

ブロロ…
プーッ
ヨボヨボ
ブブーッ
あっ 危ないッ!!
じいさんっ ひかれるぞ!!
まてっ 大丈夫だっ!!
パシ
ププーーッ
ヨボヨボ
パーーッ
スゴイッ!! よどみない歩み!!
毎日この車道を渡り続けること20年 一度たりとも、その歩みに迷いはないという
20年!?
伝説のファンタジスタ
なっ
あっ 渡りきった
ヨボ
ヨボ

今日も又《また》猫に起され初《はつ》日《ひの》出《で》

松本恵子

毎朝布団の上に猫が体ごとダイビングしてきて起こされると知人から聞いたことがある。どこからどんなふうにダイビングしてくるのかまで聞かなかったけれど、なんだか笑える。ムササビみたいな猫の姿を想像してしまうのだ。

この句の猫はまさかそんなダイビング好きな猫ではないだろうが（そんな変な猫は世の中に何匹もいないだろう）、どんなふうに起こしにくるのだろうか。ちょっと興味がある。

頭から布団に潜り込んでくるのか、それとも布団で一緒に寝ていて早起きの猫に肉球で突かれて起こされるのか。起こされ方はいろいろあるだろう。

元日くらいゆっくり寝させてくれるだろうと思っていたが、いやはやいつものように猫に起こされてしまった。

盆も正月もない、猫の目覚まし時計は日課になってしまったようだ。

さあ、猫とともに元日の日の出に包まれて新年のスタートである。

新年

AM 4:50
にャ〜
朝ごはんの時間ですよ〜
にゃ〜
起きるにゃ
う〜〜ん
お正月くらい寝かせて
ポムポムッ
うへへ
肉球気持ちいい…
…
にゃ〜お
(早く来るにゃ)
イタイ〜
ガブ

猫と亀いくさにならず竹《たけ》落《おち》葉《ば》

進藤一考《いっこう》

一般的に「落葉」というと冬を連想する。その通り落葉は冬の季語だが、竹の落葉《らくよう》する時期は実は冬ではない。この句のいくさの季節（「いくさにならず」と詠《よ》んでいるけれど）は夏になる。竹は初夏に新しい葉が生えてきて、古い葉が落ちるのだ。

というわけで、猫と亀が出会ったのは落葉がはらはらと舞う夏の竹林である。

「どけやこら！　わしがマーキングしとる場所やで」と猫。

「はあ？　カメに猫のマーキングなんか関係ないわ、ボケ！」と亀。

「お前、鼻無いんか？　わしの匂《にお》いちゃんとついとるやろが！」と猫。

「鼻くらいあるわい！　わぁ、くさっ！　何これ、くさっ！」と亀。

「しばいたろか、こら！　それがわしの縄張りの証《あかし》じゃ」と猫。

「くさっ！　何これ……。くさっ」、「腹立つわ、その首嚙《か》みちぎったる！」

その瞬間、亀は首手足を甲羅《こうら》に引っ込める。

「おい！　おいって！」と猫、絶叫。

夏

ザッ
ガブ
イタッ
ガブ
イタタタ
イタイッて
ガブ
亀は縄張りに入った
ものを攻撃する
習性がある
なんにも
してないのに〜

降られ来て仔猫《こねこ》の遊ぶ漁具置場《ぎょぐおきば》

手束貴志子

智也には理由もなく、海風に吹かれたくなるときがあった。

きょうも日帰りと決めて、ただ鎌倉の海を見に来ただけだった。

春風のなか、白波に乗るサーファーがちらほら見られた。平日を有給休暇にしたので、人気《ひとけ》のないのんびりした気分に寄り添うかのように海辺の光景もゆったり広がっていた。

けれども、天気予報では午後から雨。空には少しずつ雲が増え始めているように見えた。一時間も経つと案の定、すっかり雲行きが怪《あや》しくなり、やがて降り出した。

傘など持ち歩く習慣のない智也はしばらく走り、小屋を見つけて飛び込んだ。

夏の夕立ほど強くはないが、春の雨にしては大粒だった。息を整えながら小屋を見回した。投網《とあみ》やら錘《おもり》やらブイやらロープなどが雑然と置かれていた。

片隅で鳴き声がする。見ると、二匹の仔猫がオレンジ色のブイにじゃれていた。智也は雫《しずく》を落としながらそっと近づいていった。

仔猫たちもずぶ濡《ぬ》れだった。

春

にー
にー
にー
にー
カララ
ちら
ちょっと待った!!
ギク
にー
にー

蚊柱《かばしら》に猫が片手を入れにけり

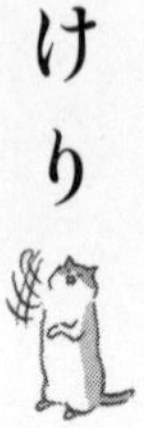

鈴木鷹夫《たかお》

都会ではあまり見かけない蚊柱。群れ集まった蚊がそれこそ柱のようになって飛んでいることがある。河川敷や山道、畦道《あぜみち》などで見られるが、蚊は夏の季語である。そんな蚊がぶんぶん飛んでいる様子を眼にしたこの句の猫は、「いったい、これはなんやねん。どないなってんねん」とさぞかし不思議に思ったことだろう。「なんやしらんけど、ちょっと触ってみたいな。いや、やめとこかな。でも、やっぱり触ってみたろかな?」みたいな気分になったに違いない。

奇妙にうねりながら浮遊している蚊柱に、そろそろと片手を近づけていったのである。「なんかあったら、ダッシュで逃げたらええやん。大丈夫、大丈夫やから」、猫は及び腰ながらも自分を落ち着かせる。どうしても好奇心には勝てないのだ。

さて、警戒《けいかい》して蚊柱に片手を入れたものの、「あれ? なんもないやんけ。がらんどうなん?」、急に余裕の出た猫が、蚊柱の中で肉球をクイクイ振り回す姿を想像するとなんとも可笑《おか》しい。

［夏］

夏の夕ぐれ
蚊柱
ぶん
ぶん
はーーぁ
ペタン
ぼっちゃん
どーーかしたんですか？
また女の子にふられちゃってさ
ボクに寄ってくるのはこんな虫ばかりだよ…
ぼっちゃんが悲しんでいる!!
我々がなんとかせねば!!
コラ!!
ぼっちゃんにたかるな!!
あっち行けっ
シッ
シッ

黒南風や沖をみてゐる猫ひとつ

島　青櫻

まず上五《かみご》（最初の五音）である「黒南風」をどう読むのかで立ち止まる人もいるのではないだろうか。こくなんぷう？　くろみなみかぜ？　じゃないよね……。そもそも「南風」の読み方がいくつかあるのがややこしい。「なんぷう」「みなみかぜ」「はえ」「みなみ」とこれだけあるからだ。

正解は「くろはえ」なのだが、では黒南風ってどういう意味なのだろう。黒と南風の組み合わせはどうもイメージが合わない。でもその連想が正しいのである。黒南風とは梅雨《つゆ》の時期に吹く南風のこと。だからどんよりとした黒のイメージなのである。

黒南風に対して白南風《しらはえ》もあるのだが、こちらは梅雨明け後の南風。この二語の見事な使い分けを見ても季語の持つ繊細さが表れている。

さて、黒南風の吹くなか、遥《はる》かな沖を見ている一匹の猫は何を思っているのだろうか。バックミュージックには、二十六歳のとき飛行機事故で亡くなったオーティス・レディングの『ドック・オブ・ザ・ベイ』が似合いそうだ。　[夏]

独《ひと》り言《ごと》猫に聴かれて縁《えん》小春《こはる》

鷺山咲女

独り言には緊張をほぐす効果があったり、精神的なバランスを取ろうとする心理が働いているらしい。

自分の独り言を振り返ってみると、「風呂沸《わ》かそ」とか「美味《うま》いっ!」とか「そっか」とか、実にたわいもないことが多いけれど、やっぱり腑《ふ》に落ちないことや嫌なことがあったときは、「腹立つわあ」とか「ありえへん」とか言っているような気がする。精神的なバランスね……「なるほど」（独り言です）。

この句の独り言は冬の季語「小春」から考えると、「きょうはあったかいわね～」というのが一番スマートである。でもそれだとべつに猫に聴かれたっていい。

「いったいあの女のどこがいいのよ」くらいの情念がこもっていると、聴かれた相手がたとえ猫であっても一瞬ハッとするかもしれない。

猫もたまに「ウニャウニャ」「ニャフニャフ」と独り言らしき声を出すから、小春日和《びより》の縁側で、猫と一緒に独り言を言い合うという図もなかなか面白い。

冬

はー
なかなか貯まらないな～
○○銀行
……
う～ん
食費と光熱費はもう少し削れるかも…
あと
猫のごはんと砂代がけっこうかかるのよね
もそ
もそ
猫缶やめてカリカリオンリーにしようかしら…
他にも節約できないかな～
スタ
…
ベッタリ…
あれ？聞こえちゃった？
わかったよー猫缶ね猫缶

恋知らぬわが家の猫をさそふ猫

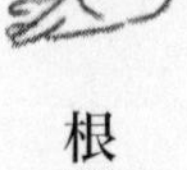

根岸善雄

人間のようにウブな猫だっているだろうし、はすっぱな猫だっているだろう。

「恋知らぬわが家の猫」は、どう見ても室内で飼われているウブな猫で、誘われているのだから雌猫と考えられる。飼い主もきっと箱入り娘で育ててきただろうから、突然の雄猫の誘いにちょっと慌《あわ》て気味といったところか。

この雄猫は外猫か野良猫か。とにかく野性味に満ちていてちょいワルな感じがする。たとえば、出窓でウブな雌猫が日向ぼっこでもしているとき、窓の外を通りかかった雄猫が立ち止まってガラス越しに誘いかける場面なんかが想像できる。

それを偶然見つけた飼い主は、もう大慌てで出窓のカーテンをさっさと閉めると、「もうあんな人相の、いや猫相の悪い猫なんかと見つめ合っちゃダメですよ!」ときびしく叱《しか》りつけたりするのである。

しかし、時すでに遅しなのだ。

運命の出逢《であ》いをしてしまった雌猫は、この家を出て行く決心をするのである。

春

ゆっさ
ゆっさ
ちゅ
ちゅ
ちゅ
あ…あんたら落ちついて飲みや〜
ちゅ
ちゅ
ちゅ
いっぱい飲んで大きくなあれ〜
そっちはどーお？
こっちはオッパイいっこ足りへんねんあんたの片っぽかしてーなぁ
ちゅ
ちゅ
ちゅ
ちゅ
ちゅ
ことわる

ネクタイに猫の毛燈《と》火《う》親《か》しめり

中嶋憲武《のりたけ》

仕事を終えて夜遅くに帰宅し、まずは部屋の電気をつける。

そうしてネクタイを緩《ゆる》めてから、飼い猫を抱いて「ただいま」と呟《つぶや》いている光景が眼に浮かんでくる。この句の雰囲気からして独り暮らしだろうか。

季語「燈火親し」は、秋の夜長に感じる明かりへの親しみである。灯《ひ》の下で読書をしたり家族団欒《だんらん》でお茶をしたりするのにも、秋の静けさのなかでその明かりに柔《やわ》らかくて人恋しい趣《おもむき》を感じ取ることができる。

そんな季語の意味合いを頭に置いてこの句を鑑賞すると、ネクタイに付いた猫の毛も決してわずらわしいものではなく、秋の灯に照らされて飼い主の疲れをほぐす銀糸《ぎんし》のような美しささえ感じられるようである。

そして帰宅した飼い主も、待っていた猫も、互いの体温で寂しさを伝え合っているような孤独が、秋の灯にあぶり出されているようにも見えるのである。

[秋]

伊藤くん待って…
あの…これ
えっ
ドキ
ゴソゴソ
猫の毛!!いっぱい付いてるよ
はいエチケットブラシ
秋は抜け毛の季節…
茶トラだね
お…おう

猫の髭《ひげ》数へ比べて日向《ひなた》ぼこ

小山徳夫

猫の髭は四ヶ所に生えていることをご存じだろうか？

口の左右についているのはすぐに想像がつくだろう。ドラえもんを描くときにつける髭である。その他にも両眼の上、頬《ほお》の左右、あごの下に生えているのだが、さてこの句ではどこの髭を数えているのだろう。それら全部ひっくるめて何本あるのか、数えているのかもしれない。しかも「数へ比べて」だから、もう一匹猫がいるのだろうか。

なんとものどかな光景である。そののどかな時間を冬の季語「日向ぼこ」がさらにのどかに見せている。

猫と日向ぼっこをする場所は、やはり縁側がよく似合う。二匹の猫を代わる代わる膝《ひざ》に乗せて髭の数を数える。でも猫が動いたりすると、すぐわからなくなるのだ。

猫の髭には神経が集中しており、センサーのような役割を果たしているので猫にとってはちょっと迷惑かも。

「さっきからニャンやねん？　ムズムズするやんけ！」

冬

カシ
カシ
ポロ…
あー
あわわ
だっ大事なおヒゲが!!
ネコはヒゲでバランスとってるんでしょ……どうしよう!!
てーん
てん
てん
てん
塀なんかに登ったらっ
よろろ…
おっとっとっ
ほらやっぱり!っ
危ないっ!!
ネコのヒゲって生え変わるのよ
そーなの!?
なんちゃってな～

猫とチャボ日向分け合ひ雪解宿《ゆきげやど》

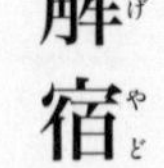

辻江恵智子

この句は「雪解宿」という春の季語から読み解いていこう。

「雪解」は暖かくなって雪国などの積雪が溶けはじめることである。それに「宿」の語がくっついているので、雪解けを迎えた宿屋という意味になる。

作者は本格的に春を迎えようとする雪国にでも旅に出たのだろう。

この句の雰囲気からして山深い風景が思い浮かぶ。投宿すると、暖かい日差しのなかで宿屋の軒先《のきさき》の雪も溶けはじめて、猫とチャボが仲良く日向を分け合っていたのである。

猫とチャボが喧嘩《けんか》もせず、お互いを気遣うように春の日向を分け合うというなんともいえない平穏さに、読み手の心もほっこりさせられる。

「チャボさん、春だね〜」

「猫さん、そうだね〜」

「はあ〜」、猫とチャボのため息が重なる。

そんなふたりののんびりした会話まで聞こえてきそうだ。

春

娘《こ》を呼べば猫が来《き》たりし端居《はしい》かな

五十嵐《いがらし》播水《ばんすい》

「おい、すみえ。ちょっと、煙草《たばこ》と灰皿持ってきてくれんか。すみえ」

「はあい。ちょっと待っててね。このタマネギ切り終わったら持ってくから」

父は端居をして庭に咲いた百日紅《さるすべり》の紅い花を見ながら、煙草を待つ。

夏の季語である「端居」は、縁側の風通しの良いところに座り、庭の木や草花を眺《なが》めながら涼《りょう》をとることである。軒先では風鈴《ふうりん》が鳴っている。百日紅の花も揺れている。

「おい、まだか。すみえ」

「はいはい」と娘のすみえが台所から声を投げ返す。

ちょっとイライラし出す父だったが、やがて背中に微《かす》かな気配を感じる。

「ありがとう。そこに置いといて……」

「ニャー」、振り返ると、猫のスミレが後ろに来ていた。スミレの名はたしかにすみえに似ている。亡くなった母が好きだった菫《すみれ》の花にちなんでそう名づけられた。

「はい、お待たせ。あれ？　なんで父さん、スミレと見つめ合ってるの？」

夏

キリリリ
ミーーン
ミンミンミンミン
キリリ
ミーーン
ミンミンミンミン
父ちゃん あれ何て動物？
シーーッ ジロジロ見たらあかんっ

黒猫にアリバイのなき夜《よ》長《なが》かな

矢野玲奈《れいな》

黒猫はいったい何をしでかしたのか？

アリバイという言葉はよく推理小説やサスペンスドラマなどで耳にするが、この句の黒猫は何か犯罪に関わっているのだろうか。しかし、猫が意志的に人間をターゲットにした犯罪を行うことはないので(そんな猫がいたらすごく恐いですね)、きっとこのアリバイは、大袈裟《おおげさ》な言い回しで他のことについて言っているのだろう。

たとえば、この黒猫は飼い猫で食卓にあった焼き魚を一尾盗み食いしたとか、花瓶を倒して割ったとか、そんなちょっとした騒ぎだったのかもしれない。

「アリバイのなき」だから、その現場に黒猫はたしかにいたということになる。飼い主が真っ先に疑うのは黒猫の仕業《しわざ》なのである。黒猫が知らん顔をしていても、密室のなかで存在したのは黒猫のみ。犯人（犯猫）はバレバレだ。

飼い主にこっぴどく怒られた黒猫にとっては、秋の夜は長すぎる。夜長に拗《す》ねる黒猫はかわいい。

秋

むっ？
ペロ
ペロ
おめー
カツオ節
あさったな
なんのことでしょうか？
あ
証拠隠滅
ペロ

去年今年《こぞことし》肥満は猫に及びけり

今枝立青《いまえだりゅうせい》

新年を迎えるということは、去年から今年に年が移り変わることだが、それを端的に表現した季語が「去年今年」である。『俳句歳時記』では春夏秋冬に加えて「新年」の季語が別立てになっており、「去年今年」もそこに分類される。

この句の「肥満は猫に及びけり」とはどういうことなのだろうか。

まるで飼い主の肥満が猫に伝染したかのようである。

おそらく飼い主は食いしん坊なのだろう。猫も飼い主に食べ物をねだっているうちに同じように太ってきてしまった。

「及びけり」の「けり」は切字《きれじ》でこの句のなかで断定的に響いているが、このすっぱりと言い切ったところがおかしみとなっているようだ。

さらに寝正月ともなると、肥満は猫にますます及びそうである。食べては炬燵《こたつ》で一緒に寝そうだ。

飼い主がダイエットを決行すると、猫も痩《や》せる予感がする。

新年

パク
ワイワイ
キャットフード
もぐもぐ
ピッ
スイー…
キャットフード
もぐもぐ
ガサ
ワーー
キャットフード
もぐもぐ
TV

老猫の蛇とる不《ふ》性《しょう》ぶしやう哉《かな》

小林一茶《いっさ》

「ねぇ！　お願いやからはよ、あのヘビやっつけて！　はよっ！」

ママさんはヒステリックになってそう叫《さけ》ぶけど、わしはもう年なんや。

そないに、はよはよ言われてももう体がうまいことついてきてくれへんねん。

今までネズミもヘビも小さいゴキブリまで頑張って退治してきたよって、もうそろそろゆっくりさせてぇなあ。お役御免や、頼むさかいに。

「ちょっと、ピヨちゃん！　あんた何してんの！　また逃げてまうやんか！」

ギャアギャアうるさいママさんやなあ、ほんま。もうわし人間でいうたら、八十近いんやで。ピヨちゃん、呼ばれる年でもないがな。鳥みたいな名前はずかしわ。まあ小さいころはまだよかったけど。でもこの年になってつらいわ、何もかも。

「はよっ！　ピヨちゃん！」

はいはい、そやけどこの庭広いなあ。

ほんでどこにおるねん、そのヘビは。えっ？

夏

おじーちゃん
がんばって
もーちょっと
こっちこっち
よし待ってろ
ごはんだよ
くち開けろ

横柄《おうへい》な猫が通りぬ枯《か》る庭

小松崎爽青《そうせい》

横柄な猫とはどんな猫だろうと考えたときに、ぼくの脳裏《のうり》に浮かんだのは漫画『じゃりン子チエ』に出てくる二足歩行の額《ひたい》に傷を持ったヤクザな猫の姿だった。

木刀なんか肩に背負って持ちながらそんな猫が枯れた庭を通っていったら、なんと横柄な猫だろう！　と心から思うことだろう。

この句の季語は「枯るる」で冬になる。枯るる庭は「枯園《かれその》」「枯庭《かれにわ》」などの言い方もできるが、草花の衰えた寂しい庭の風景である。

庭に勢いがないからよけいにこの猫の横柄ぶりが目立つのかもしれない。

本物の猫で考えると、大きな図体《ずうたい》をしてのっそりのっそり睨《にら》みを利かせながら歩いている絵が浮かぶ。そして立ち止まり、マーキングをする。マーキングをしてこの庭を自分のテリトリーにして、近所の猫たちを寄せ付けないようにするのだ。

しかしいくら横柄な猫でも冬枯れた巷《ちまた》をさすらっていることを思うと、その後ろ姿になんだか哀愁《あいしゅう》を感じてしまう。

冬

近所に野生のイノシシが出たらしいわよ〜〜今お巡りさんが総出で探してるんですって
怖いわね〜〜
カサ
カサ

濃《こい》鼠《ねず》の奴がボスなり春の猫

阿《あ》波《わ》野《の》青《せい》畝《ほ》

この句でまず説明が必要なのは、「濃鼠」だろう。

パソコンでも一発変換できない「濃鼠」とは、濃いねずみ色の意味である。黒に近い濃い灰色ともいえるこの色合いは、着物の色なんかでよく耳にする。日本では四季を大切にして季語もたくさんあるが、色も数多く表現され繊細に捉《とら》えられてきた歴史があるのだ。

そんな濃鼠の意味を知ったうえでこの句を読んでみると、「濃鼠の奴がボス」は、まるで粋《いき》に着物を着こなした大親分の風情《ふぜい》をまとった「春の猫」に見えてくるから不思議である。ほんとうは自前の毛並みなのだが。

ゴッドファーザーのようにのし歩く春のボス猫は、発情期を迎えているだけに愛人、いや愛猫のところへ向かうのか。ボスが通ると周りの猫も道を空ける。

「お疲れさまです！　明日生きのいい魚が手に入りそうなのでお届けに上がります！」

「おう、待っとるけんのう」なんて言葉を交わしつつ、ボス猫は闊歩《かっぽ》するのである。

［春］

のっし のっし
スンマセン 今、道あけますんで
カーッ
スンマセン 目が合って スンマセン～ 出会ってしまって スンマセン
くわ
スンマセン 視界に入って スンマセン
フギャ
ギャ ギャ ギャ ギャ
フン
まいりました
にゃ～ん イタイにゃ～ん
あらあら またイジメられたの～？
ゴロゴロゴロゴロ
お前は気がやさしいから負けちゃうんだねぇ

猫じゃらし抜くとき猫に見られけり

金子　敦

向こうから若いヤンキー風のカップルが歩いてくる。

やがて彼女が猫を発見。

「あ、猫。チョーかわいくね？　ねぇ、猫飼ってよ、猫」

「はあ？　猫とかめんどくせぇし。そこにあんの、猫じゃらしじゃね？」

「ネコジャラシ？」

「おまえ、猫じゃらしも知らねぇのかよ。なあ、ちょっと見てろよ」

道端に生えている猫じゃらしを取ろうと、背をかがめる彼氏。

「ねぇ、めっちゃ見てるんだけど」

「はあ？」

「だから、猫があんたのこと、めっちゃ見てるんだけど」

猫じゃらしを引き抜いて彼氏が振り向くと、もう猫はいなかった。

「逃げたよ。あんた、草抜いて何してんの？　なんか、ダサくね？」

秋

ガサ
あっ
ガサ
スナック菓子
これはダメ!!
なんでこんなの好きなのよ〜
な〜う〜
油断も隙もありゃしないっ
パタン
はっ!!
じ〜
見られた!?
夜中に荒らす気だわっ
隠し場所変えないと…

つぎつぎと風邪《かぜ》惹《ひ》いてきぬ子も猫も

加藤楸邨《しゅうそん》

本来『俳句歳時記』に載っている冬の季語「風邪」は人間の病気をいうが、この句では、下五《しもご》（最後の五音）で「猫も」と置かれているところが面白い。家族の誰かが一人風邪を引くと、つぎつぎとみんなに感染してしまうことは多々あるが、この家では飼い猫まで風邪を引いてしまったのである。しかし人間の風邪が猫にうつることはないだろうし、たまたま同じタイミングで猫は猫風邪に感染してしまったのだろう。

猫風邪は子猫に多いらしく、鼻水、咳《せき》、くしゃみなど人間と同じような症状に襲われるという。だからこの家では、人間の子と猫のくしゃみや咳が入り交じって聞こえてくる状態だ。

子と猫が同時にくしゃみしている場面などを想像すると、なんだかかわいい光景でもあるが、重症化しないように養生《ようじょう》しないといけない。そういえば、暢気《のんき》にこんな句を作っている作者は、まだ風邪を引いていないのだろうか？

冬

あれっ?
ごはん全然食べてないね
おかしいっ どこか悪いのかもしれないっ
ぐったり
ザーーーッ
センセー 猫が!!
○×動物クリニック
数日後
にー
よしよし お前が元気ならこんな熱なんでもないよ
ゴロゴロ
ハーハー

尾道《おのみち》のきれいな猫の秋思《しゅうし》かな

桂《かつら》　信子《のぶこ》

尾道大学の非常勤講師を四年間務めたことがあるので、尾道という土地には思い入れがある。

東京から尾道まで新幹線で通うのはなかなかたいへんであったが、学生たちと句会をするのが楽しみだった。行くたびに穏やかな尾道水道を眺《なが》めたり、路地や坂の多い山側を登って海風に吹かれたりするのもいい時間だった。

尾道には猫も多くて、寺院や路地で出会うことがあった。瀬戸内海の陽光のなかで育ったからか、どこかのんびりとした雰囲気の猫が多いような気がする。

この句の猫も路地なんかを行き過ぎるときに、出会った猫だろう。尾道水道の海光の届かない路地でたたずむ「きれいな猫」が思い浮かぶ。その猫がどこか物憂《ものう》い表情を浮かべていたのだろう。

「秋思」は本来人間に対して使う季語であるが、尾道という地名が猫の物思いにリアリティを持たせている。

秋

あっ
灯りまつり楽しみだね〜
あ
ネコだっ
シ…シロっていうんだ
かわいい〜
あの子と話しちゃったっ!!

猫の子に嗅《かが》れてゐるや蝸牛《かたつむり》

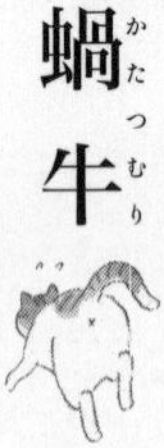

椎本才麿《しいのもとさいまろ》

ぼくがこの句の蝸牛だったら……たぶん、めちゃくちゃ怖いだろうなと思う。だって、想像してみてほしい。蝸牛にしてみたら、得体《えたい》の知れない怪獣にくんくん嗅がれているようなものだ。もしあなたも、でっかいティラノサウルスみたいな巨大生物にくんくんされたら、ほんとうの怖さがわかるだろう。

この句の主役は猫の鼻先でじっとしている蝸牛であって、猫ではない。どうして主役が蝸牛なのか？　それは蝸牛「が」猫に嗅がれているからだ。そこがこの句のポイントである。恐怖のどん底にいる蝸牛を視点にしたのが面白い。

一方、猫の側から見ると、「なんだ？　このグルグルした模様のヤツは？」といった無《む》邪気《じゃき》な様子。好奇心旺盛《おうせい》な猫のくんくん攻撃は執拗《しつよう》で、猫パンチも出かねない。

ちなみにこの句には季語が二つあるのだが、お気づきだろうか。答えは春の「猫の子」と夏の「蝸牛」。一句に二つ以上季語が入ることを「季重《きがさ》なり」というが、この句のメインの季語は「蝸牛」。江戸時代の俳句だが、平成の世でも充分新鮮に感じる一句だ。

夏

満員や。
あっ ごーいんヅ
ぎしゅー
もうちょい つめて〜

猫の眼のひらいてとぢて遠《と》花《はな》火《び》

横山白虹《はくこう》

この句の猫は遠くの花火に眼を向けている。まずその音に耳を立てて振り返る。そこには今まで見たことのない光が溢《あふ》れている。日も暮れたのにあんなに大きくて色とりどりの花が咲くものだろうか。しかも咲くところが夜空とは驚きである。

「お前は、花火、初めてじゃったの？」

見とれているあいだに、ウシオバアがそばに来ていた。牛の白黒模様に似た毛色だから仲間うちでそう呼ばれている。

「そうです。綺麗《きれい》なものですね。花火とは」

「そうじゃろう。うちもこうやって遠くから見る花火が好きじゃて」

花火を初めて見た猫は、眼を開いては閉じてその美しさに魅《み》せられた。

「人間の作ったものではアジの干物の次に花火が好きじゃ。なんといっても干物がナンバーワン！　じゃ。ひ～ものォォォ～！」

いきなりウシオバアは、夜空に咲き誇った花火に向かって叫び声を上げた。

夏

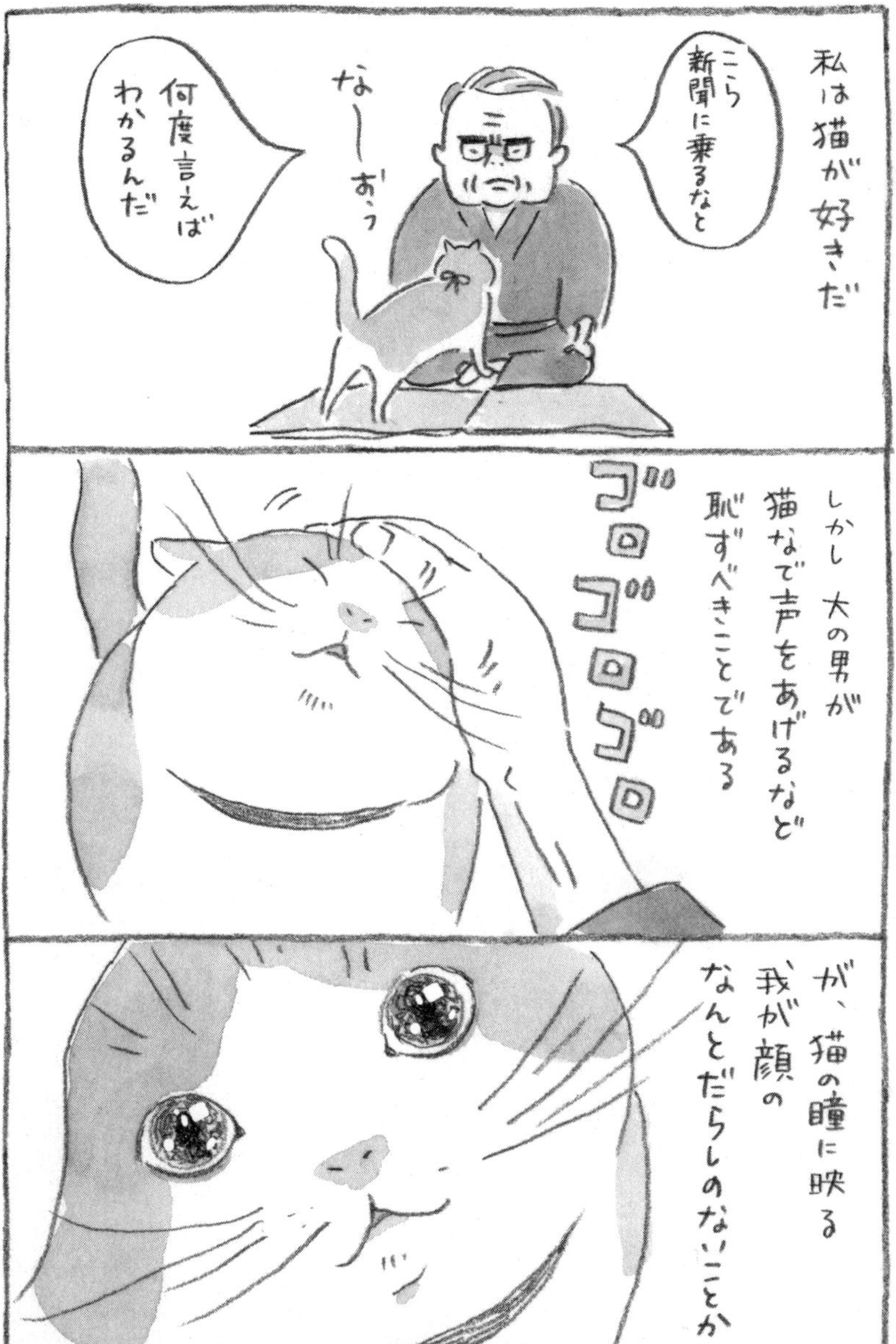
私は猫が好きだ
こら新聞に乗るなと
なーおぅ
何度言えばわかるんだ
しかし大の男が猫なで声をあげるなど恥ずべきことである
ゴロゴロゴロゴロ
が、猫の瞳に映る我が顔のなんとだらしのないことか

哀しみのかたちに猫を抱く夜《よ》長《なが》

日《ひ》下《が》野《の》由《ゆ》季《き》

この句の「哀しみのかたち」はいくつか解釈できるだろうけれど、ぼくは何か哀しい出来事があった人が座って俯《うつむ》いている体のかたちに添うように猫が抱かれているのではないかと思った。

いつもはクールな猫が飼い主の落ち込んだ様子を察して、寄り添うようにおとなしく抱かれているのだ。飼い主の哀しんでいる体のかたちに猫が優しくフィットして、静かにその涙を受け止めている。

そんな飼い主も猫も、果てしなく続きそうな秋の夜長のなかにいる。

このような夜は心理的にもよけいに長く感じられるものだ。けれども独りではない。温かい猫が傍《そば》にいてくれる。

飼い主の心の声を黙《だま》って受け止めてくれているような、哀しみの気持ちを共有してくれているような猫のまぎれもない体温や思いやりさえも、この句の持つ雰囲気から伝わってくる。

秋

その子を放しな…
その子はもう…
う〜〜
う〜〜
う〜〜
なーお
なーお
なーお
なーお
なーお
なーお。
チビの墓

掌《てのひら》にのせて子猫の品定め

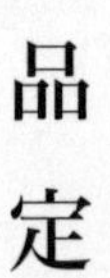

富安風生《とみやすふうせい》

「さあ、この三匹のなかから好きな猫を持っていっておくれ」

隣の猫屋敷に住んでいるおじいちゃんが子猫をくれるという。

猫屋敷の前を通るたびに、猫を飼いたいと思っていた小学二年生の翔太は、やっと両親の許可をもらって、おじいちゃんから子猫を一匹譲《ゆず》り受けることになった。母親も付いてきてくれたが、「翔ちゃんが好きな猫ちゃんを選びなさい」と微笑《ほほえ》んでいる。

困った、ほんとに困ったと翔太は思いながら、一匹ずつ掌にのせてどれにしようかなと首を傾《かし》げ真剣に悩んだ。どれもかわいくて、ミャーミャー鳴いている。いや、三匹目だけ鳴き方がちょっと変だぞ。

「しょうたのてはあったかいにゃー、しょうたのてはきもちいいにゃー」

翔太はびっくりしてその子猫の顔をのぞき込んだ。

慌《あわ》てて翔太は、おじいちゃんと母親に「この猫しゃべったよ!」と言ったけど、笑うばかりで相手にしてくれない。翔太は迷わずこの子猫に決めたのだった。

春

あかちゃん見てもいい？
ちょっとだけですよ
ミー
ミー
かわいい～
ミー
5秒
はい終了
もう終わり？短くない？
終了
いいから降ろすにゃ
じゃあこっち
ミー
お お前は男の子かな？
3秒
はい終了
もうちょっと見せてくれても
終了
ほらはやく

波立てゝ猫水呑《の》めば目《め》高《だか》寄る

松本恵子

この句を読んだときに、ぼくは叔父が飼っているメダカのことを思い出した。

ぼくの故郷は和歌山で、海に囲まれた紀伊半島はほとんどが山地である。叔父がメダカを飼っているのは、世界遺産にもなっている古来の巡礼地・熊野だ。

熊野は山深い。山深いと澄《す》んだ水が湧《わ》き出ているもので、その山水を満たして戸外でたくさんのメダカを飼っているのだ。メダカは猫なんかにやられないのかなと察していたので、この句に出会って、ああやっぱり危ないなと思ったのだった。

この句のメダカは人（猫）なつっこいというか、なんにも考えてないというか、無邪気なものだ。水面が波立ったから、なんだ、なんだ、エサなのかとまったく警戒心なしに近寄ったのだろう。よく見ると、チロチロする猫の舌なのにそれにも気づいていない様子。

メダカは夏の季語だ。だから炎天下、猫も食べるより飲むことに集中しているのだろう。でも、猫の喉《のど》の渇《かわ》きが収まる前に水底へ避難したほうがいいよ！　と、メダカたちに知らせてあげなきゃ。メダカ危機一髪《いっぱつ》！

［夏］

つるん
ドプーーーン
あ
でかした

蟷螂《とうろう》の斧《おの》向けられし猫の顔

加藤楸邨《しゅうそん》

この句からは、蟷螂《かまきり》と猫のこんな会話が聞こえてきそうだ。

「なんだよう。やるっつうのかよ！　えっ！」と蟷螂。

「なんやねん、いきなり。ただ近く通ろうとしただけやん。なにぶっそうなもん振りかざしてんねん」と猫。

一瞬ひるんだ猫の表情は、すぐにハイハイわかったからという顔つきになる。

「一度振り上げたもの、簡単に下ろせないよ。小さいからってなめんなよ。お前の目玉つぶしてやるぜ！　えいっ！」と蟷螂が猫の顔へジャンプしてしがみつく。

「わっ、やめろや！　このカマキリ風情《ふぜい》が！　このままではあかん。よし、喰《く》らえ！　村《むら》田《た》諒太《りょうた》ばりのメガトンパンチじゃ！」と本気の猫パンチ。吹き飛ばされる蟷螂。

この事件以来、相手にならない者を容赦《ようしゃ》なく叩《たた》きのめすことを「猫に蟷螂」というようになったとか、ならなかったとか。

ちなみに季語は「蟷螂」で秋。「いぼむしり」なんて面白い呼び名もある。

秋

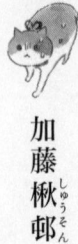

秋…
じ…
これは何だ？
…ま、いっか
季節はながれ春…
るるるる♪はる～
るるるるはる？♫
はた
るる…
やるんかミラー
ヒッ
ギロ…
こわ…
かかってこいやー
こいやー

おそろしや石垣崩す猫の恋

正岡子規《しき》

ものすごく激しい猫の恋模様である。

石垣は、重くしっかりした石を用いているはずだけど、恋をする猫の何らかの行動によって崩れたというのだから驚きの激情である。

子規が上五《かみご》（最初の五音）で、わざわざ「おそろしや」とおおげさに詠嘆《えいたん》するのはよほどのことだろう。「おそろしいなあ。いったいなんて恋なんだ！」という感じだ。

一匹の雌猫を何匹かの雄猫たちが、もしや取り合っているのだろうか。

奇妙に甲高《かんだか》い鳴き声が入り交じるなか、不意にガタガタガタッ！　と石垣が揺れて崩れ落ちる音が聞こえてきたのである。それとも目撃したのだろうか。

ひょっとして石垣の向こう側に雌猫がいて、我先《われさき》に近づくために何匹かの雄猫が一斉に石垣を跳《と》び越えようとしたのか。それにしても猫の体重で石垣が崩れるだろうか。

まあ、ぽっちゃり雄猫の一斉ジャンプだったらありえるかな。ドスン！

［春］

ウウ〜〜
ウァオオオン
ウ〜
アオ〜〜
フヴァー
フギャアアワワ
ギォ
ギャオオン
勝利
ブガーーッ
勝利
フンヌー
勝利
スキ
バリ
負け
キライ
しょんぼり

黄落《こうらく》をあび黒猫もまた去れり

中嶋秀子

大きな銀杏《いちょう》の木が葉を黄色に染めて、はらはらとそれらを輝かせながら降らす佇《たたず》まいは秋の光景としてなんとも美しい。

この句はそんな銀杏の木の下で、待ち合わせでもしている場面だろうか。

待ち合わせの時間に来てみたが、そこに黒猫が寝ころんでいるだけで誰も来ていない。しばらく待ってみたが、やはり現れる気配がない。

携帯電話のない時代であれば、そのまま信じて待つしかないし、今の時代ならメールやラインやら電話やらが繋《つな》がらないといった状態とも考えられる。

何かあったのだろうか。それとも単なるすっぽかしだろうか。淋《さび》しさがつのるなかで、今まで一緒にいてくれた黒猫までが腰を上げて銀杏の木から去ってゆく。

待ち合わせという設定は一つの想像だが、黒猫の「黒」と黄落の「黄」のシックな色のコントラストに、どこか切ないドラマを感じさせる。

秋

にやり
兄弟猫
!!
ガサ
ボス猫

猫好きに猫集《つど》ひ寄る夏の月

日吉素丸

猫は猫の好きな人間をうまく嗅《か》ぎ分けることができるのかもしれない。そんなとき、猫はどんな嗅覚《きゅうかく》を働かすのだろう。

猫好きには独特の微《かす》かな体臭があったりするのだろうか。それともその人の物腰なのか、声音《こわね》なのか、はたまた顔つきを見れば、猫が好きかどうかわかってしまうのだろうか。

たとえば、夜の公園のベンチにカップルが座っているとする。

ぶらんこの向こうには夏の月が涼しげだ。どこからともなく、猫が近づいてきて男の臑《すね》辺りにすり寄ってくる。そしてまた一匹、猫が現れて男にまつわりついてくる。

女には見向きもしない。なぜか女は不機嫌になり、「なんで、あなたばっかりに寄ってくるのよ!?」と男と猫を睨《にら》みつける。男にとってはとんだとばっちりである。

私に言わせれば、そのような文句を言う女だからこそ猫も寄ってこないのだ。こんな女とは一刻も早く別れたほうがよかろう。

なんて、太宰治ならそんなシンラツな意見をするかもしれない。

夏

わー
かわいい
おいでー
スイー
なぜか昔から猫に異常に好かれるのです
いやうれしいですけども

三毛猫のすず虫をきく貌《かお》をせり

中山純子

この句を読んで、猫も鈴虫の声を聴いたりするんだなと思った。ただ聴いているのではなくて、耳をそばだててその音色《ねいろ》を観賞している雰囲気が漂っている。猫が脚を止めて、その音色に集中している面持《おもも》ちを日常のなかで発見したことが十七音になった。何気ないような気づきが、俳句を生み出す契機になったりする。

「貌をせり」という表現にどこか楽しんでいるような、不思議なものに触れるような、哲学的な表情を浮かべているような、そんな猫の様子が見える。

顔ではなく「貌」という難しい字を使っているので、よけいに猫の複雑な表情が浮かぶのである。

俳句で「虫」といえば秋の季語になる。秋の草むらに鳴く虫の総称であり、この句の鈴虫をはじめ、キリギリス、コオロギ、松虫、馬追《うまおい》など種類は多い。そのなかでも鈴虫は「リーンリーン」と鈴を振るような澄んだ美しい音色で鳴くので、よく家庭で飼われる。

飼い猫と一緒に鈴虫の音に耳を傾けるのも味なことだ。

秋

リーリー
にょき
ワラ
リーリ…
ワラ
おかーさーん

寒《かん》月《げつ》や猫の夜《や》会《かい》の港町

大屋達治《たつはる》

「猫の夜会」とはいかなるものだろうか。

夜会と聞くと、中世の魔女たちが集《つど》うサバトよりも、中島みゆきの演劇的コンサート「夜会」になぜか連想が飛ぶのだけれど、それはいつか観てみたいと思っているからだろう。どちらにしろ、夜会という言葉の響きには妖気《ようき》が漂う。

この句の面白いところは、猫の夜会が港町で行われていることだ。港町でちょっと肩すかしを食らってしまう。ここでの肩すかしとは、諧謔《かいぎゃく》とも言い換えられる。これが港町ではなくて、もっと怪《あや》しげな場所だったら、また句の雰囲気も変わってくるというもの。

港町の桟橋《さんばし》かどこかに集まって猫たちは何をしているのか。

きょう市場で盗んできた大きな魚をみんなで囲んで、怪しい呪文《じゅもん》をニャゴニャゴ唱えているのかもしれない。その後、みんなでその魚を食べる宴《うたげ》を催《もよお》し、次なる盗みの計画を相談し合うのか。

寒月がたくさんの猫の眼を奇怪に照らし出している。

冬

諸君
今夜は楽しんでくれたまえ
あなたは入れません
え!?何で!?
本日の集会は茶トラオンリーとなっております

冬空や猫塀《へい》づたひどこへもゆける

波《は》多《た》野《の》爽《そう》波《は》

この句を読むと、スタジオジブリ制作の映画『耳をすませば』に出てくる猫を思い出す。ムーンという太ったふてぶてしい猫なのだが、やはり猫だけにすごく身軽で塀なんかもひょいひょい渡ってしまうのだ。ヒロインの中学生・月島雫《しずく》が息を切らせながら、ムーンを追いかけてゆく場面が面白くて印象的である。

あの場面を見ていると、ほんとに猫はどこへも行けるのだなあと感心してしまう。しかも塀づたいに。人間だと綱渡りするようなものだからとても無理である。

この句はいわゆる字余りで、十七音より二音多い。「どこへもゆける」と十七音をはみ出すことでよけいに塀がどこまでも伸びて、冬空まで続いているような不思議な遠近を感じさせるのだ。

でも、冬空は季語としてはちょっと寂しい。冬空まで塀が続いているような解放感もあるけれど、やはり天までは辿《たど》り着けない自由の限界を感じさせもする。

読み手の気持ち一つで、俳句は色合いを変えるのである。

冬

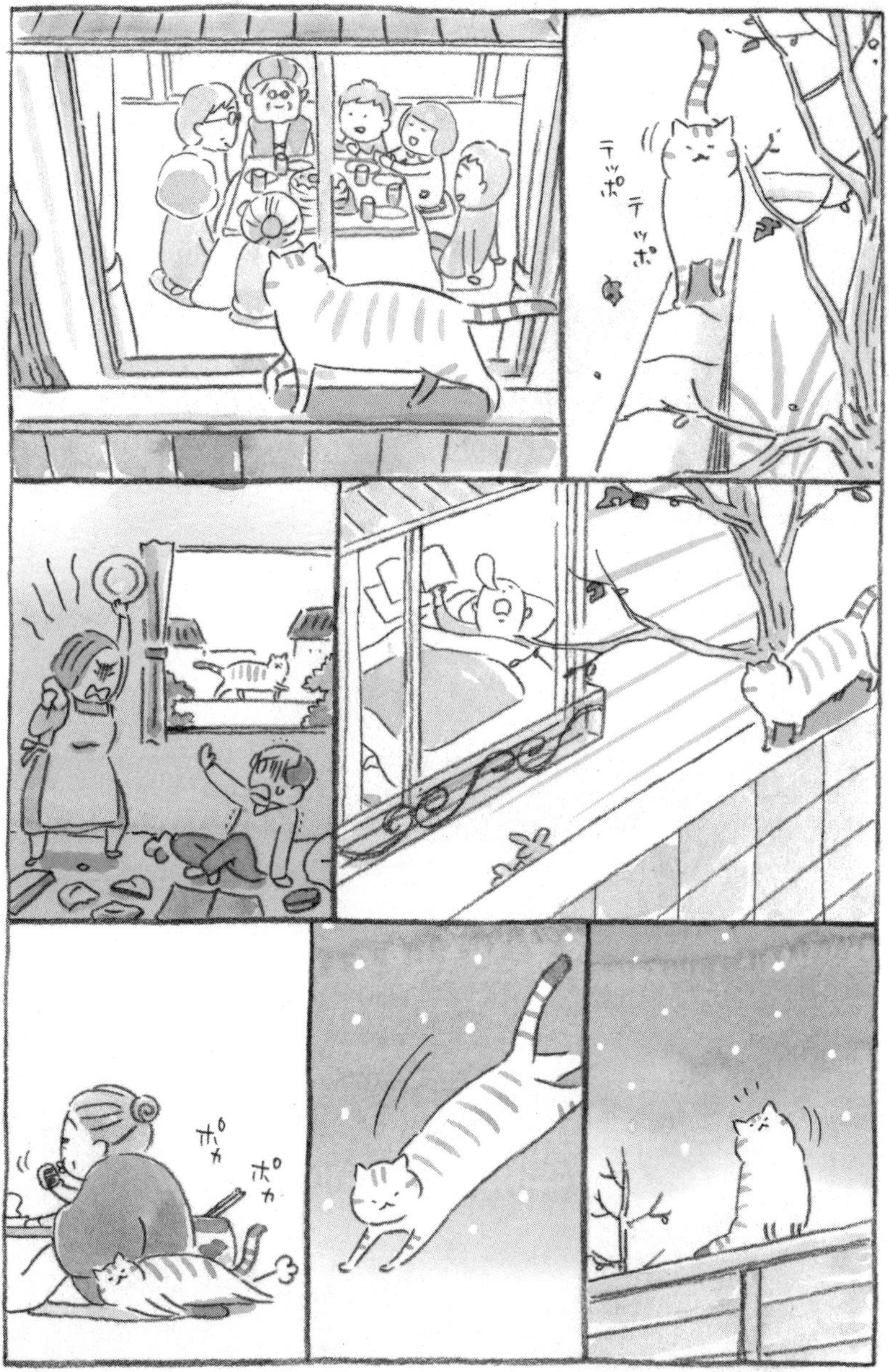
テッポ
テッポ
ポカ
ポカ

おわりに

2年前の春
「ねこのほそみち」の
連載開始と時を同じくして
我が家に一匹の子猫が
やってきました
命名
「にゃん太」
にー
にー
にー
にー
にー
うろ
落ちつけ
にゃん太…
仕事にならないよ
にー
うろ
うろ
うろ
兄弟猫より
ひとまわり小さかった
ガリガリのちびねこは
にゃーーッ!!
日ましに
大きくなってゆき…
そこそんな
必殺技…
かわいすぎるがね
スピ
スピ
手の甲枕

この本が出版される頃には立派なオス猫に成長しました
要求が通るまでどきません
近い…近いよ…
ふみ〜
第1王子どんぐり
にゃん太がおやつならボクも
ドテ
君たち
ぬう…今回は私の負けよ…おやつあげるからどいてちょーだい
負けてばかり
連載がスタートした時はどうマンガにすればよいだろうと苦悩の日々でありました…それでもネコのいる風景を描くことが楽しく楽しくて続けること2年…終ってみれば、私の仕事の幅を広げてくれる重要な作品となりました。
もっと猫の俳句読みたいな
堀本様、そして編集部の皆様根気よく私を使って下さったこと心より感謝しております
ありがとうございました

ねこまき

参考文献

『カラー版 新日本大歳時記 春』（講談社）
『カラー版 新日本大歳時記 夏』（講談社）
『カラー版 新日本大歳時記 秋』（講談社）
『カラー版 新日本大歳時記 冬』（講談社）
『カラー版 新日本大歳時記 新年』（講談社）
『合本現代俳句歳時記』角川春樹編（角川春樹事務所）
『合本俳句歳時記 新版』（角川書店）
『日めくり猫句』石寒太（牧野出版）
『猫と一茶』一茶記念館・信濃毎日新聞社出版部編（信濃毎日新聞社）
『猫』加藤楸邨句集（ふらんす堂）
『猫の句』神原徳茂氏の作成によるデータベース

※本書はさくら舎ホームページでの連載「ねこのほそみち」（2014年5月2日〜2016年2月26日）を加筆・訂正し、再構成したものです。

堀本裕樹

1974年、和歌山県に生まれる。國學院大学卒。俳人。「NHK俳句」選者。東京経済大学非常勤講師。第2回北斗賞、第36回俳人協会新人賞などを受賞。「いるか句会」「たんぽぽ句会」主宰。創作のかたわら、俳句の豊かさや楽しさを広く伝える活動を行う。

著書には『十七音の海』(カンゼン)、『富士百句で俳句入門』(ちくまプリマー新書)、『いるか句会へようこそ!』(駿河台出版社)、『芸人と俳人』(又吉直樹との共著、集英社)、句集『熊野曼陀羅』(文學の森)がある。

ねこまき(ミューズワーク)

夫婦ユニットによるイラストレーター。名古屋を拠点としながらコミックエッセイをはじめ、犬猫のゆるキャラマンガ、広告イラスト、アニメなども手がけている。

著書には『まめねこ』1～6巻(さくら舎)、『ちびネコどんぐり』(集英社)、『しばおっちゃん』(実業之日本社)、『ねことじいちゃん』(メディアファクトリー)、『ずぅねこ』(富士見書房)などがある。

ねこのほそみち
春《しゅん》夏《か》秋《しゅう》冬《とう》にゃー

2016年4月9日　第1刷発行

著者　堀本裕樹《ほりもとゆうき》
　　　ねこまき(ミューズワーク)
発行者　古屋信吾
発行所　株式会社 さくら舎　http://www.sakurasha.com
〒102-0071　東京都千代田区富士見1-2-11
電話(営業)03-5211-6533
電話(編集)03-5211-6480
FAX　03-5211-6481　振替　00190-8-402060
装丁・本文デザイン　アルビレオ
印刷・製本　中央精版印刷株式会社

ISBN978-4-86581-049-3

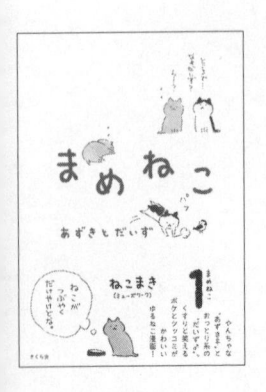

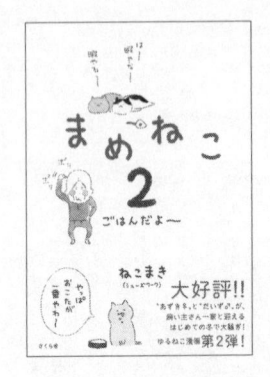

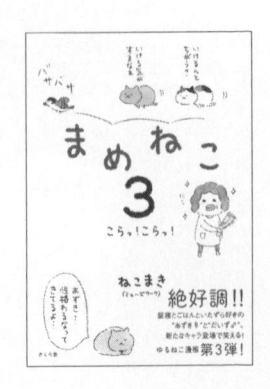

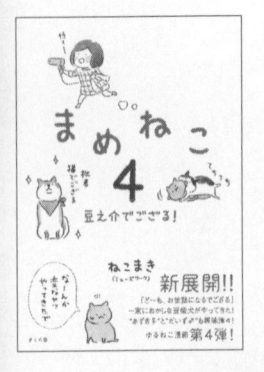

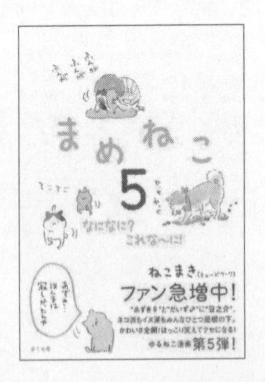